À margem da história

Parte I

Euclides da Cunha

Copyright © 2013 da edição: Editora DCL – Difusão Cultural do Livro

Equipe DCL – Difusão Cultural do Livro

DIRETOR EDITORIAL: Raul Maia

Equipe Eureka Soluções Pedagógicas

REVISÃO DE TEXTOS: Joana Carda Soluções Editoriais

Texto em conformidade com as novas regras ortográficas do Acordo da Língua Portuguesa

Dados Internacionais de Catalogação na Publicação (CIP)
(Câmara Brasileira do Livro, SP, Brasil)

Cunha, Euclides da, 1866-1909.
À margem da história / Euclides da Cunha. –
São Paulo : DCL, 2013. -- (Clássicos literários)

ISBN 978-85-368-1636-4

1. Brasil - História I. Título. II. Série.

13-01022 CDD-981

Índices para catálogo sistemático:
1. Brasil : História 981

Impresso na Índia

Editora DCL – Difusão Cultural do Livro
(11) 3932-5222
www.editoradcl.com.br

Sumário

I Parte
Terra Sem História (Amazônia):
Impressões Gerais 5
Rios em Abandono 17
Um clima caluniado 28
Os Caucheiros 37
Judas-Ahsverus 47
"Brasileiros" 52
Transacreana 62

NOTA DO EDITOR

É com prazer que a DCL apresenta a primeira parte de uma das mais importantes obras de Euclides da Cunha, À margem da história, uma prova definitiva de sua inconteste veia histórico-literária, escrita cerca de dois anos após Os Sertões, sua obra magna. Embora escrita entre 1904 e 1905, a obra foi somente lançada após a morte do autor, em 1909.

O livro é dividido em quatro partes, mas optamos por oferecer ao leitor apenas o primeiro movimento do texto, pois, além de conter o escopo de toda a obra, é onde encontramos as principais reflexões sobre uma Amazônia do início do século 20, apresentando um cenário que, se não absolutamente virgem, ainda é bastante distante do que temos hoje, mas não deixa de conter suas amarguras, misérias e histórias.

Desejamos a todos uma ótima leitura!

Parte I

Terra Sem História (Amazônia): Impressões Gerais

Ao revés da admiração ou do entusiasmo, o que nos sobressalteia geralmente, diante do Amazonas, no desembocar do dédalo florido do Tajapuru, aberto em cheio para o grande rio, é antes um desapontamento. A massa de águas é, certo, sem par, capaz daquele *terror* a que se refere Wallace; mas como todos nós desde mui cedo gizamos um Amazonas ideal, mercê das páginas singularmente líricas dos não sei quantos viajantes que desde Humboldt até hoje contemplaram a hileia prodigiosa, com um espanto quase religioso — sucede um caso vulgar de psicologia: ao defrontarmos o Amazonas real, vemo-lo inferior à imagem subjetiva há longo tempo prefigurada. Além disto, sob o conceito estritamente artístico, isto é, como um trecho da terra desabrochando em imagens capazes de se fundirem harmoniosamente na síntese de uma impressão empolgante, é de todo em todo inferior a um sem número de outros lugares do nosso país. Toda a Amazônia, sob este aspecto, não vale o segmento do litoral que vai de Cabo Frio à Ponta do Munduba.

É, sem dúvida, o maior quadro da Terra; porém chatamente rebatido num plano horizontal que mal alevantam de uma banda, à feição de restos de uma enorme moldura que se quebrou, as serranias de arenito de Monte Alegre e as serras graníticas das Guianas. E como lhe falta a linha vertical, preexcelente na movimentação da paisagem, em poucas horas o observador cede às fadigas de monotonia inaturável e sente que o seu olhar, inexplicavelmente, se abrevia nos sem-fins daqueles horizontes vazios e indefinidos como os dos mares.

* * *

A impressão dominante que tive, e talvez correspondente a uma verdade positiva, é esta: o homem, ali, é ainda um intruso impertinente. Chegou sem ser esperado nem querido — quando a natureza ainda estava arrumando o seu mais vasto e luxuoso salão. E encontrou uma opulenta desordem... Os mesmos rios ainda não se firmaram nos leitos; parecem tatear uma situação de equilíbrio derivando, divagantes, em meandros instáveis, contorcidos em *sacados*, cujos istmos a revezes se rompem e se soldam numa desesperadora formação de ilhas e de lagos de seis meses, e até criando formas topográficas novas em que estes dois aspetos se confundem; ou expandindo-se em furos que se anastomosam, reticulados e de todo incaracterísticos, sem que se saiba se tudo aquilo é bem uma bacia fluvial ou um mar profusamente retalhado de estreitos.

Depois de uma única enchente se desmancham os trabalhos de um hidrógrafo.

A flora ostenta a mesma imperfeita grandeza. Nos meios-dias silenciosos — porque as noites são fantasticamente ruidosas —, quem segue pela mata vai com a vista embotada no verde-negro das folhas; e ao deparar, de instante em instante, os fetos arborescentes emparelhando na altura com as palmeiras, e as árvores de troncos retilíneos e paupérrimos de flores, tem a sensação angustiosa de um recuo às mais remotas idades, como se rompesse os recessos de uma daquelas mudas florestas carboníferas desvendadas pela visão retrospectiva dos geólogos.

Completa-a, ainda sob esta forma antiga, a fauna singular e monstruosa, onde imperam, pela corpulência, os anfíbios, o que é ainda uma impressão paleozoica. E quem segue pelos longos rios não raro encontra as formas animais que existem, imperfeitamente, como tipos abstratos ou simples elos da escala evolutiva. A cigana desprezível, por exemplo, que se empoleira nos galhos flexíveis das oiranas, trazendo ainda na asa de voo curto a garra do réptil...

Destarte a natureza é portentosa, mas incompleta. É uma construção estupenda a que falta toda a decoração interior. Compreende-se bem isto: a Amazônia é talvez a terra mais nova do mundo, consoante as conhecidas induções de Wallace e Frederico Hartt. Nasceu da última convulsão geogênica que sublevou os Andes, e mal ultimou o seu processo evolutivo com as várzeas quaternárias que se estão formando e lhe preponderam na topografia instável.

Tem tudo e falta-lhe tudo, porque lhe falta esse encadeamento de fenômenos desdobrados num ritmo vigoroso, de onde ressaltam, nítidas, as verdades da arte e da ciência — e que é como que a grande lógica inconsciente das coisas.

Daí esta singularidade: é de toda a América a paragem mais perlustrada dos sábios e é a menos conhecida. De Humboldt a Em. Goeldi — do alvorar do século passado aos nossos dias, perquirem-na, ansiosos, todos os eleitos. Pois bem, lede-os. Vereis que nenhum deixou a calha principal do grande vale; e que ali mesmo cada um se acolheu, deslumbrado, no recanto de uma especialidade. Wallace, Mawe, W. Edwards, d'Orbigny, Martius, Bates, Agassiz, para citar os que me acodem na primeira linha, reduziram-se a geniais escrevedores de monografias.

A literatura científica amazônica, amplíssima, reflete bem a fisiografia amazônica: é surpreendente, preciosíssima, desconexa. Quem quer que se abalance a deletreá-la, ficará, ao cabo desse esforço, bem pouco além do limiar de um mundo maravilhoso. Há uma frase do professor Frederico Hartt que delata bem o delíquio dos mais robustos espíritos diante daquela enormidade. Ele estudava a geologia do Amazonas quando em dado momento se encontrou tão despeado das concisas fórmulas científicas e tão alcandorado no sonho que teve de colher, de súbito, todas as velas à fantasia: — "Não sou poeta. Falo a prosa da minha ciência. *Revenons!*"

Escreveu; e encarrilhou-se nas deduções rigorosas. Mas decorridas duas páginas não se forrou a novos arrebatamentos e reincidiu no enlevo... É que o grande rio, malgrado a sua monotonia soberana, evoca em tanta maneira o maravilhoso, que empolga por igual o cronista ingênuo, o aventureiro romântico e o sábio precavido. As "amazonas" de Orellana, os titânicos "curriquerês" de Guillaume de L'Isle e a Mana del Dorado de Walter Raleigh, formando no passado um tão deslumbrante ciclo quase mitológico, acolchetam-se em nossos dias às mais imaginosas hipóteses da ciência. Há uma hipertrofia da imaginação no ajustar-se ao desconforme da terra, desequilibrando-se a mais sólida mentalidade que lhe balanceie a grandeza. Daí, no próprio terreno das indagações objetivas, as visões de Humboldt e a série de conjeturas em que se retravam, ou contrastam, todos os conceitos, desde a dinâmica de terremotos de Russell Wallace ao bíblico formidável das galerias pré-diluvianas de Agassiz. Parece que ali a imponência dos problemas implica o discurso vagaroso das análises: às induções avantajam-se demasiado os lances da fantasia. As verdades desfecham em hipérboles. E figura-se alguma vez em idealizar aforrado o que ressai nos elementos tangíveis da realidade surpreendedora, por maneira que o sonhador mais desensofrido se encontre bem, na parceria dos sábios deslumbrados.

Vai-se, por exemplo, com Fred Katzer a seriar, a escandir e a confrontar velhíssimos petrefatos ou graptólitos numa longa romaria ideal pelos mais remotos pontos nas mais remotas idades — largo tempo, a debater-se entre as classificações maciças, a enredar-se na trama das raízes gregas das nomenclaturas bravias — e de improviso, os dizeres da ciência desfecham num quase idealismo: as análises rematam-nas prodígios; as vistas abreviadas nos microscópios desapertam-se no descortino de um passado muitas vezes milenário; e esboçados os contornos estupendos de uma geografia morta, alonga-se-lhe aos olhos a perspectiva indefinida daquele extinto oceano mediodevônico que afogava todo o Mato Grosso e a Bolívia, cobrindo quase toda a América meridional e chofrando no levante as antiquíssimas arribas de Goiás, últimos litorais do continente brasílio-etiópico que aterrava o Atlântico indo abranger a África... Segue-se com os naturalistas da "Comissão Morgan", e a história geológica, a despeito de linhas mais seguras, não perde o traço grandioso, desenvolvendo-se às duas margens do largo canal terciário que por longo tempo separou os planaltos brasileiros e os das Guianas, até que o vagaroso sublevar dos Andes, no Ocidente, serrando-lhe um dos extremos, o transmudasse em golfo, em estuário, em rio.

Ao cabo, ainda atendo-se aos fatos atuais da fisiografia amazônica, restam outros agentes nímio perturbadores da fria serenidade das observações científicas.

* * *

Baste mostrar-se de relance que, ainda nos casos mais simples, há no Amazonas um flagrante desvio do processo ordinário da evolução das formas topográficas.

Em toda a parte a terra é um bloco onde se exercita a moldurage dos agentes externos entre os quais os grandes rios se erigem como principais fatores, no lhe remodelarem os acidentes naturais, suavizando-lhos. Compensando a degradação das vertentes com o alteamento dos vales, corroendo montanhas e edificando planuras, eles vão em geral entrelaçando as ações destrutivas e reconstrutoras, de modo que as paisagens, lento e lento transfiguradas, reflitam os efeitos de uma estatuária portentosa.

Assim o Hoang-Ho, aumentou a China com um delta, que é uma província nova; e, ainda mais expressivo, o Mississipi assombra o naturalista, com a expansão secular do aterro desmedido que em breve chegará às bordas da profundura onde se encaixa o Gulf-Stream. Nas suas águas barrentas andam os continentes dissolvidos. Mudam-se países. Reconstituem-se territórios. E há um encadeamento tão lógico nos seus esforços contínuos, onde incidem as grandes energias naturais, que o acompanhá-los implica algumas vezes o acompanhar-se o próprio rumo de um aspeto qualquer da atividade humana: das páginas de Heródoto às de Maspero, contempla-se a gênese de uma civilização de par com a de um delta; e o paralelismo é tão exato, que se justificam os exageros dos que, a exemplo de Metchnikoff, vêem nos grandes rios a causa preeminente do desenvolvimento das nações.

Ao passo que no Amazonas, o contrário. O que nele se destaca é a função destruidora, exclusiva. A enorme caudal está destruindo a terra. O professor Hartt, impressionado ante as suas águas sempre barrentas, calculou que "se sobre uma linha férrea corresse dia e noite, sem parar, um trem contínuo carregado de tijuco e areias, esta enorme quantidade de materiais seria ainda menor do que a de fato é transportada pelas águas..."

Mas toda esta massa de terras diluídas não se regenera. O maior dos rios não tem delta. A Ilha de Marajó, constituída por uma flora seletiva, de vegetais afeitos ao meio maremático e ao inconsistente da vasa, é uma miragem de território. Se a despissem, ficariam só as superfícies

À margem da história

rasadas dos "mondongos" empantanados, apagando-se no nivelamento das águas; ou, salteadamente, algumas pontas de fraguedos de arenito endurecido, esparsas, a esmo, na amplidãode uma baía. À luz das deduções rigorosas de Walter Bates, comprovando as conjecturas anteriores de Martius, o que ali está sob o disfarce das matas é uma ruína: restos desmantelados do continente, que outrora se estirava, unido, da costa de Belém à de Macapá — e que se tem de restaurar, hipoteticamente, um passado longínquo para explicar-se a identidade das faunas terrestres, hoje separadas pelo rio, do Norte do Brasil e das Guianas.

O Amazonas, entretanto, poderia reconstruí-lo em pouco tempo, com os só 3.000.000 de metros cúbicos de sedimentos, que carrega em vinte e quatro horas. Mas dissipa-os. A sua corrente túrbida, adensada nos últimos lances de seu itinerário de 6.000 milhas, com os desmontes dos litorais, que dia a dia se desbarrancam, fazendo recuar a costa que se desenrola desde o Peru ao Araguari, decanta-se toda no Atlântico. E os resíduos das ilhas demolidas — entre as quais a de Caviana que lhe foi antiga barragem e se bipartiu no correr de nossa vida histórica — vão cada vez mais delindo-se e desaparecendo, no permanente assalto daquelas correntezas poderosas. Destarte, desafoga-se mais e mais a desembocadura principal da grande artéria e acentua-se o seu desvio para o norte, com o abandono contínuo das paragens que lhe demoram a leste e sobre as quais ele passou outrora, deixando ainda, nas áreas recém-desvendadas dos brejos marajoaras, um atestado tangível daquele deslocamento lateral do leito, que tem dado aos geólogos inexpertos a ilusão de um levantamento ou de uma reconstrução da terra.

Porque, na realidade, esta se reconstitui mui longe das nossas plagas. Neste ponto, o rio, que sobre todos desafia o nosso lirismo patriótico, é o menos brasileiro dos rios. É um estranho adversário, entregue dia e noite à faina de solapar a sua própria terra. Herbert Smith, iludido ante a poderosa massa de águas barrentas, que o viajante vê em pleno oceano antes de ver o Brasil, imaginou-lhe uma tarefa portentosa: a construção de um continente. Explicou: depondo-se aqueles sedimentos no fundo tranquilo do Atlântico, novas terras aflorariam nas vagas e ao cabo de um esforço milenário encher-se-ia o golfão aberto, que se arqueia do Cabo Orange à Ponta do Gurupi, dilatando-se desta sorte, consideravelmente, para nordeste, as terras paraenses.

The king is building his monument! bradou o naturalista encantado e acomodando às ásperas sílabas britânicas um rapto fantasista capaz de surpreender a mais insofregada alma latina. Esqueceu-lhe, porém, que aquele originalíssimo sistema hidrográfico não acaba com a terra, ao transpor o Cabo Norte; senão que vai, sem margens, pelo mar dentro, em busca da corrente equatorial, onde aflui entregando-lhe todo aquele plasma gerador de territórios. Os seus materiais, distribuídos pelo imenso rio pelágico que se prolonga com o *Gulf-Stream*, vão concentrando-se e surgindo a flux, espaçadamente, nas mais longínquas zonas: a partir da costa das Guianas, cujas lagunas, a começar no Amapá, a mais e mais se dessecam avançando em planuras de estepes pelo mar em fora, até aos litorais norte-americanos, da Geórgia e das Carolinas, que se dilatam sem que lhes expliquem o crescer contínuo os breves cursos d'água das vertentes orientais dos Aleganis. Naqueles lugares, o brasileiro salta: é estrangeiro, e está pisando em terras brasileiras. Antolha-se-lhe um contra-senso pasmoso: à ficção de direito estabelecendo por vezes a extraterritorialidade, que é a pátria sem a terra, contrapõe-se uma outra, rudemente física: a terra sem a pátria. É o efeito maravilhoso de uma espécie de imigração telúrica. A terra abandona o homem. Vai em busca de outras latitudes. E o Amazonas, nesse construir o seu verdadeiro delta em zonas tão remotas do outro hemisfério, traduz, de fato, a viagem incógnita de um território em marcha, mudando-se pelos tempos adiante, sem parar um segundo, e tornando cada vez menores, num desgastamento ininterrupto, as largas superfícies que atravessa.

Não se lhe apontam formações duradouras, ou fixas. Por vezes, nas arqueaduras de seus canais remansam-se as águas fazendo que se deponham os sedimentos conduzidos e as sementes que acarretam. Então as faculdades criadoras do rio despontam supreendedoramente. O baixio prestes recém-formado e aflorando à superfície delineia-se em contornos indecisos: define-se logo, vivamente; dilata-se e ascende, bombeando levemente nas águas; e na ilha que se gera, crescendo e articulando-se a olhos vistos, apontoada de cabuchos, que se alongam e se retorcem à superfície à maneira de tentáculos de um prodigioso organismo — desencadeia-se para logo a luta das espécies vegetais tão viva e tão dramática que nem lhe faltam no baralhamento dos colmos, das hastes ou das ramagens revoltas, estirando-se, enredando e confundindo-se, todos os movimentos convulsivos de uma enorme batalha sem ruídos: dos aningais, que consolidam o tijuco inconsistente com a infibratura dos rizomas estirados; aos mangues, que os suplantam e repelem para as bordas, em violentos e tumultuários bracejos; aos javaris altaneiros, que por sua vez recalcam os últimos expelindo-os para as margens apauladas, e senhoreando os tesos consistentes...

Assim se erigiu recentemente a Ilha de Cururu, com dois km^2 de área; e se constroem todas as que se observam acima dos canais de Breves.

Mas formam-se para se destruírem, ou deslocarem-se incessantemente. As ilhas, trabalhadas pelas mesmas correntes que as geraram, desbarrancam-se a montante e restauram-se a jusante, e vão, lento e lento, derivando rio abaixo, ao modo de monstruosos pontões desmastreados, de longas proas abatidas e popas altas, a navegarem dia e noite com velocidade insensível. Por fim, desgastam-se e acabam. A de Urucurituba durou dez anos (1840-1850) mercê da superfície vastíssima; e apagou-se numa enchente...

O mesmo fato, nas margens. Os litorais do Amazonas mal lhe definem a calha desmedida. São margens que evitam o rio. Ficam-lhe, normalmente, fora das águas, para além das vastas planuras salpintadas de "lagos de terra firme", que atenuam, feito compensadores, a violência das caudais, nas cheias. Aí, num cenário mais amplo, se desdobra por vezes a aparência de uma construção, em larga escala, de solo. O rio, multífluo nas grandes enchentes, vinga as ribanceiras e desafoga-se nos plainos desimpedidos. Desarraiga florestas inteiras, atulhando de troncos e esgalhos as depressões numerosas da várzeas; e nos remansos das planícies inundadas, decantam-se-lhe as águas carregadas de detritos, numa *colmatage* plenamente generalizada. Baixam as águas e nota-se que o terreno cresceu; e alteia-se de cheia em cheia, aprumando-se as "barreiras" altas, exsicando-se os pantanais e "igapós", esboçando-se os "firmes" ondeantes, para logo invadidos da flora triunfal... Até que num só assalto, de enchente, todo esse delta lateral se abata.

Numa só noite (29 de julho de 1866) as "terras caídas" da margem esquerda do Amazonas desmoronaram numa linha contínua de cinquenta léguas.

É o processo antigo, invariável — patenteando-se ainda no diminuto raio da nossa história. As ribanceiras a pique da antiga costa do Peru, onde apareceram aos condutícios de Orellana as amazonas lendárias, reduzem-se hoje a um baixio degradado, visível apenas nas vazantes excessivas.

A inconstância tumultuária do rio retrata-se ademais nas suas curvas infindáveis, desesperadoramente enleadas, recordando o roteiro indeciso de um caminhante perdido, a esmar horizontes, volvendo-se a todos os rumos ou arrojando-se à ventura em repentinos atalhos. Assim ele se precipitou pela angustura afogante de Óbidos num abandono completo do antigo leito, que ainda hoje se adivinha no enorme plaino maremático ganglionado de lagoas, de Vila Franca; ou vai, noutros pontos, em "furos" inopinados, afluir nos seus grandes afluentes, tornando-se ilogicamente tributário dos próprios tributários: sempre desordenado, e revolto, e vacilante, destruindo e construindo, reconstruindo e devastando, apagando numa hora o que erigiu em decênios — com a ânsia, com a tortura, com o exaspero de monstruoso artista incontentável a retocar, a refazer e a recomeçar perpetuamente um quadro indefinido...

* * *

Tal é o rio; tal, a sua história: revolta, desordenada, incompleta.

A Amazônia selvagem sempre teve o dom de impressionar a civilização distante. Desde os primeiros tempos da colônia, as mais imponentes expedições e solenes visitas pastorais rumavam de preferência às suas plagas desconhecidas. Para lá os mais veneráveis bispos, os mais garbosos capitães-generais, os mais lúcidos cientistas. E do amanho do solo que se tentou afeiçoar a exóticas especiarias, à cultura do aborígine que se procurou erguer aos mais altos destinos, a metrópole longínqua demasiara-se em desvelos à terra que sobre todas lhe compensaria o perdimento da Índia portentosa.

Esforços vãos. As partidas demarcadoras, as missões apostólicas, as viagens governamentais, com as suas frotas de centenas de canoas, e os seus astrônomos comissários apercebidos de luxuosos instrumentos, e os seus prelados, e os seus guerreiros, chegavam, intermitentemente, àqueles rincões solitários, e armavam rapidamente no altiplano das "barreiras" as tendas suntuosas da civilização em viagem. Regulavam as culturas; poliam as gentes; aformoseavam a terra.

Prosseguiam a outros pontos, ou voltavam — e as malocas, num momento transfiguradas, decaíam de chofre, volvendo à bruteza original.

Já nos fins do século XVIII, Alexandre Rodrigues Ferreira, ao realizar a sua "viagem filosófica" pela calha principal do grande rio, andara entre ruínas. Na Vila de Barcelos, capital da circunscrição longínqua, antolhara-se-lhe, tangível, a imagem do progresso tipicamente amazônico, naquele presunçoso Palácio das Demarcações — amplíssimo, monumental, imponente — e coberto de sapê! Era um símbolo. Tudo vacilante, efêmero, antinômico, na paragem estranha onde as próprias cidades são errantes, como os homens, perpetuamente a mudarem de sítio, deslocando-se à medida que o chão lhes foge roído das correntezas, ou tombando nas "terras caídas" das barreiras...

Vai-se de um a outro século na inaturável mesmice de renitentes tentativas abortadas. As impressões dos mais lúcidos observadores não se alteram, perpetuamente desenfluídas pelo espetáculo de um presente lastimável contraposto à ilusão de um passado grandioso.

Tenreiro Aranha, em 1852, ao erigir-se a província do Amazonas, assumiu a sua direção, e numa resenha retrospectiva diz-nos do extraordinário progresso que se perdera, referindo-se a "manufaturas primorosas", a uma indústria extinta em que "o algodão, o anil, a mandioca e o café tiveram cultura tal que dava para o consumo, sobrando para a exportação; e assim as fábricas de anil, as cordoarias de piaçaba, de fiação, tecidos e redes de algodão, de palhinha ou de penas; as telhas e alvenarias; as de construção civil e naval, com hábeis artistas fazendo aparecer templos, palácios, ou possantes embarcações..."

Recua-se, porém, exatamente um século, a buscar o período decantado — e num grande desapontamento observa-se, à luz do relatório feito em 1752 por outro insigne governador, o capitão-general Furtado de Mendonça, que a "capitania estava reduzida à última ruína..." Assim se desconchavam os pareceres, agitando idênticos desânimos. Ou então se harmonizavam de modo impressionador no firmarem a mesma decadência das gentes singulares. Em 1762 o bispo do Grão-Pará, aquele extraordinário fr. João de S. José — seráfico voltairiano que tinha no estilo os lampejos da pena de Antônio Vieira —, depois de resenhar os homens e as coisas, "assentando que a raiz dos vícios da terra é a preguiça", resumiu os traços característicos dos habitantes, deste modo desalentador: —"lascívia, bebedice e furto." Passam-se cem anos justos. Procura-se saber se tudo aquilo melhorou; abrem-se as páginas austeras de Russel Wallace, e vê-se que alguma vez elas parecem traduzir, ao pé da letra, os dizeres do arguto beneditino, porque a sociedade indisciplinada passa diante das vistas surpreendidas do sábio — *drinking, gambling and lying* — bebendo, dançando, zombando — na mesma dolorosíssima inconsciência da vida...

Assim, essa indiferença pecaminosa dos atributos superiores, esse sistemático renunciar de escrúpulos e esse coração leve para o erro são seculares e surgem de um doloroso tirocínio histórico, que vem da "Casa do Paricá" à "barraca" dos seringueiros. Compulsai os nossos velhos cronistas, com especialidade o imaginoso padre João Daniel, e avaliareis o travamento de motivos físicos e morais que há muito, ali, entibiam os caracteres. E lede Tenreiro Aranha, José Veríssimo, dezenas de outros. Nestes livros se espalham, fracionadas, todas as cenas de um dos maiores dramas da impiedade na História.

Depois há o incoercível da fatalidade física. Aquela natureza soberana e brutal, em pleno expandir das suas energias, é uma adversária do homem. No perpétuo banho de vapor, de que nos fala Bates, compreende-se sem dúvida a vida vegetativa sem riscos e folgada, mas não a delicada vibração do espírito na dinâmica das ideias, nem a tensão superior da vontade nos atos que se alheiem dos impulsos meramente egoísticos. Não exagero. Um médico italiano — belíssimo talento —, o dr. Luigi Buscalione, que por ali andou há pouco tempo, caracterizou as duas primeiras fases da influência climatérica — sobre o forasteiro —, a princípio sob a forma de uma superexcitação das funções psíquicas e sensuais, acompanhada, depois, de um lento enfraquecer-se de todas as faculdades, a começar pelas mais nobres...

Mas neste apelar para o clássico conceito da influência climática esqueceu-lhe, como a tantos outros, o influxo por ventura secundário, mas apreciável, da própria inconstância da base física onde se agita a sociedade. A volubilidade do rio contagia o homem. No Amazonas, em geral, sucede isto: o observador errante, que lhe percorre a bacia em busca de variados aspetos, sente, ao cabo de centenares de milhas, a impressão de circular num itinerário fechado, onde se lhe deparam as mesmas praias ou barreiras ou ilhas, e as mesmas florestas e igapós estirando-se a perder de vista pelos horizontes vazios; o observador imóvel que lhe estacione às margens sobressalteia-se, intermitentemente, diante de transfigurações inopinadas. Os cenários, invariáveis no espaço, transmudam-se no tempo. Diante do homem errante, a natureza é estável; e, aos olhos do homem sedentário, que planeie submetê-la à estabilidade das culturas, aparece espantosamente revolta e volúvel, surpreendendo-o, assaltando-o por vezes, quase sempre afugentando-o e espavorindo-o.

A adaptação exercita-se pelo nomadismo.

Daí, em grande parte, a paralisia completa das gentes que ali vagam, há três séculos, numa agitação tumultuária e estéril.

13

***

Como quer que seja, para a Amazônia de agora devera restaurar-se integralmente, na definição da sua psicologia coletiva, o mesmo doloroso apotegma — *ultra aequiotialem non peccavi* — que Barleaus engenhou para explicar os desmandos da época colonial. Os mesmos amazonenses, espirituosamente, o perceberam. À entrada de Manaus existe a belíssima Ilha de Marapatá — e essa ilha tem uma função alarmante. É o mais original dos lazaretos — um lazareto de almas! Ali, dizem, o recém-vindo deixa a consciência... Meça-se o alcance deste prodígio da fantasia popular. A ilha que existe fronteira à boca do Purus perdeu o antigo nome geográfico e chama-se "Ilha da Consciência"; e o mesmo acontece a uma outra, semelhante, na foz do Juruá. É uma preocupação: o homem, ao penetrar as duas portas que levam ao paraíso diabólico dos seringais, abdica às melhores qualidades nativas e fulmina-se a si próprio, a rir, com aquela ironia formidável.

É que, realmente, nas paragens exuberantes das *heveas* e *castilloas*, o aguarda a mais criminosa organização do trabalho que ainda engenhou o mais desaçamado egoísmo.

De fato, o seringueiro, e não designamos o patrão opulento, senão o freguês jungido à gleba das "estradas", o seringueiro realiza uma tremenda anomalia: é o homem que trabalha para escravizar-se.

Demonstra-se esta enormidade precitando-a com alguns cifrões secamente positivos e seguros.

Vede esta conta de venda de um homem:

No próprio dia em que parte do Ceará, o seringueiro principia a dever: deve a passagem de proa até ao Pará (35$000), e o dinheiro que recebeu para preparar-se (150$000). Depois vem a importância do transporte, num *gaiola* qualquer, de Belém ao barracão longínquo a que se destina, e que é, na média, de 150$000. Aditem-se cerca de 800$000 para os seguintes utensílios invariáveis: um boião de furo, uma bacia, mil tigelinhas, uma machadinha de ferro, um machado, um terçado, um *rifle* (carabina Winchester) e duzentas balas, dois pratos, duas colheres, duas xícaras, duas panelas, uma cafeteira, dois carretéis de linha e um agulheiro. Nada mais. Aí temos o nosso homem no *barracão* senhorial, antes de seguir para a barraca, no centro, que o patrão lhe designará. Ainda é um *brabo*, isto é, ainda não aprendeu o *corte da madeira* e já deve 1:135$000. Segue para o posto solitário encalçado de um comboio levando-lhe a bagagem e víveres, rigorosamente marcados, que lhe bastem para três meses: 3 *paneiros* de farinha d'água, 1 saco de feijão, outro, pequeno, de sal, 20 quilos de arroz, 30 de charque, 21 de café, 30 de açúcar, 6 latas de banha, 8 libras de fumo e 20 gramas de quinino. Tudo isto lhe custa cerca de 750$000. Ainda não deu um talho de machadinha, ainda é o *brabo* canhestro, de quem chasqueia o *manso* experimentado, e já tem o compromisso sério de 2:090$000.

À margem da história

Admitamos agora uma série de condições favoráveis, que jamais concorrem: *a)* que seja solteiro; *b)* que chegue à barraca em maio, quando começa o *corte;* *c)* que não adoeça e seja conduzido ao barracão, subordinado a uma despesa de 10$000 diários; *d)* que nada compre além daqueles víveres — e que seja sóbrio, tenaz, incorruptível; um estoico firmemente lançado no caminho da fortuna arrostando uma penitência dolorosa e longa. Vamos além — admitamos que, malgrado a sua inexperiência, consiga tirar logo 350 quilos de borracha fina e 100 de sernambi, por ano, o que é difícil, ao menos no Purus.

Pois bem, ultimada a safra, este tenaz, este estoico, este indivíduo raro ali, ainda deve. O patrão é, conforme o contrato mais geral, quem lhe diz o preço da fazenda e lhe escritura as contas. Os 350 quilos remunerados hoje a 5$000 rendem-lhe 1:750$000; os 100 de sernambi, a 2$500, 250$000. Total 2:000$000.

É ainda devedor e raro deixa de o ser. No ano seguinte já é *manso*: conhece os segredos do serviço e pode tirar de 600 a 700 quilos. Mas considere-se que permaneceu inativo durante todo o período da enchente, de novembro a maio — sete meses em que a simples subsistência lhe acarreta um excesso superior ao duplo do que trouxe em víveres, ou seja, em números redondos, 1:500$000 — admitindo-se ainda que não precise renovar uma só peça de ferramenta ou de roupa e que nãoteve a mais passageira enfermidade. É evidente que, mesmo neste caso especialíssimo, raro é o seringueiro capaz de emancipar-se pela fortuna.

Agora vede o quadro real. Aquele tipo de lutador é excepcional. O homem de ordinário leva àqueles lugares a imprevidência característica da nossa raça; muitas vezes carrega a família, que lhe multiplica os encargos; e quase sempre adoece, mercê da incontinência generalizada.

Adicionai a isto o desastroso contrato unilateral, que lhe impõe o patrão. Os "regulamentos" dos seringais são a este propósito dolorosamente expressivos. Lendo-os, vê-se o renascer de um feudalismo acalcanhado e bronco. O patrão inflexível decreta, num emperramento gramatical estupendo, coisas assombrosas.

Por exemplo: a pesada multa de 100$000 comina-se a estes crimes abomináveis: *a)* "fazer na árvore um corte inferior ao gume do machado"; *b)* "levantar o tampo da madeira na ocasião de ser cortada"; *c)* "sangrar com machadinhas de cabo maior de quatro palmos". Além disto o trabalhador só pode comprar no armazém do barracão, "não podendo comprar a qualquer outro, sob pena de passar pela multa de 50% sobre a importância comprada".

E arpeiem-se de aspas estes dizeres brutos. Ante eles é quase harmoniosa a gagueira terrível de Caliban.

É natural que ao fim de alguns anos o *freguês* esteja irremediavelmente perdido. A sua dívida avulta ameaçadoramente: três, quatro, cinco, dez

15

contos, às vezes, que não pagará nunca. Queda, então, na mórbida impassibilidade de um felá desprotegido dobrando toda a cerviz à servidão completa. O "regulamento" é impiedoso: "Qualquer *freguês* ou *aviado* não poderá retirar-se sem que liquide todas as suas transações comerciais..." Fugir? Nem cuida em tal. Aterra-o o desmarcado da distância a percorrer. Buscar outro barracão? Há entre os patrões acordo de não aceitarem uns os empregados de outros antes de saldadas as dívidas, e ainda há pouco tempo houve no Acre numerosa reunião para sistematizar-se essa aliança, criando-se pesadas multas aos patrões recalcitrantes.

Agora, dizei-me, que resta no fim de um quinquênio do aventuroso sertanejo que demanda aquelas paragens, ferretoado da ânsia de riquezas?

Não o ligam sequer à terra. Um artigo do famoso "Regulamento" torna--o eterno hóspede dentro da própria casa. Citemo-lo com todo o brutesco de sua expressão imbecil e feroz: "Todas as benfeitorias que o liquidado tiver feito nesta propriedade perderá totalmente o direito uma vez que retire-se."

Daí o quadro doloroso que patenteiam, de ordinário, as pequenas barracas. O viajante procura-as e mal descobre, entre as sororocas, a estreitíssima trilha que conduz à vivenda, meioafogada no mato. É que o morador não despende o mais ligeiro esforço em melhorar o sítio de onde pode ser expelido em uma hora, sem direito à reclamação mais breve.

Esta resenha comportaria alguns exemplos bem dolorosos. Fora inútil apontá-los. Dela ressalta impressionadoramente a urgência de medidas que salvem a sociedade obscura e abandonada: uma lei do trabalho que nobilite o esforço do homem; uma justiça austera que lhe cerceie os desmandos; e uma forma qualquer do *homestead* que o consorcie definitivamente à terra.

Ríos em Abandono

O geógrafo norte-americano Morris Davis revelou o "ciclo vital" dos rios. Era uma concepção revolucionária; e não houve cientista jungido à enfezada geografia descritiva, dominante ainda entre nós, que se não escandalizasse ante o conceito desassombrado do *yankee*. Mas o antagonismo foi passageiro e frágil. Uma simples monografia, *Rivers and Valleys of Pennsylvania*, deslocou, de golpe, desde 1889, toda a fortaleza inerte da rotina; e firmou um novo rumo ao critério geográfico, não já apenas pelo associar à forma a estrutura dos terrenos, completando os facies inexpressivos das superfícies com os elementos geológicos, senão também esclarecendo a gênese dos mais breves acidentes e descobrindo nas linhas pinturescas da móvel fisionomia da terra a expressão eloquente das energias naturais que a modelaram e sem cessar a transfiguram. Por fim ninguém mais estranhou que Morris Davis, impelido aos últimos corolários da nova doutrina, se abalançasse a uma espécie de fisiologia monstruosa e descrevesse dramaticamente as complexas vicissitudes da existência milenária dos fartos cursos de águas, mostrando-no-los com uma infância irrequieta, uma adolescência revolta, uma virilidade equilibrada e uma velhice ou uma decrepitude melancólica, como se eles fossem estupendos organismos sujeitos à concorrência e à seleção, destinados ao triunfo, ou ao aniquilamento, consoante mais ou menos se adaptam às condições exteriores.

Não acompanharemos o genial biógrafo dos rios pensilvânicos no explanar a teoria admirável, que é o caso impressionador de uma entrada triunfante — ou de uma *rush* atrevida — da imaginação e da fantasia nos remansos da ciência. Basta-nos notar que ela foi aceita em toda a linha e é infrangível, esteando-se em dados indutivos e seguros.

Todas as caudais, de feito, atravessam períodos inevitáveis, de ritmos uniformes e constantes, malgrado a variabilidade do teatro em que se operam: a princípio indecisas, errantes e frágeis, derivando ao acaso, ao viés dos pendores, como à procura de um berço em cada dobra do chão, e acumulando-se nos numerosos lagos, incoerentemente esparsos, onde repousam; depois, definidas nas primeiras linhas de drenagem mais estáveis e fundas para onde convergem, adensadas, as chuvas, formando-se o aparelho das correntes, reprofundando-se os leitos esboçados e iniciando-se com a energia tumultuária das cachoeiras o choque secular com as asperezas da terra, longo tempo;

até que, extintos os empeços estruturais, estabelecido um leito e definido um traçado, o rio se constitua, com os seus afluentes fixos, um declive contínuo em curvaturas regulares, um thalweg ajustado à contextura do solo e à diferenciação morfológica que lhe reflete a um tempo os seus vários estádios — das cabeceiras onde perduram as águas selvagens do antigo regime torrencial, ao curso médio que lhe caracteriza a situação presente, e ao trecho inferior, prefigurando-lhe a decrepitude, onde ele se espraia repousadamente e constrói, pela *colmatage* das vasas que acarreta com velocidade insensível, a própria planície aluvial em que descansa.

É a fase de madureza. O rio está na plenitude da vida, depois da molduragem complexa de todos os relevos. Atinge-a rematando um esforço pertinaz, que é por vezes toda a história geológica da região.

Não houve um ponto em todo o percurso de centenares ou de milhares de quilômetros que ele não atacasse, um grão de areia que não removesse, balanceando as escavações a montante com os aterros a jusante — construindo-se a si mesmo — obediente à tendência universal para as situações estáveis. Adquiriu, por fim, o seu perfil longitudinal de equilíbrio, e este, ainda abrupto nas vertentes onde a correnteza é máxima e o volume mínimo, vem continuamente amortecendo-se, em sucessivo decair de declive, até ao quase horizontalismo no nível de base, da foz, onde aqueles elementos se invertem, resultando o equilíbrio dinâmico do sistema da relação inversa entre as massas líquidas e as velocidades que se arrastam.

Como quer que seja, desde que alcança este período, todos os elementos do seu *thalweg*, projetados em plano vertical, desenham-se com a forma aproximada de um ramo de desmedida parábola, de concavidade volvida para as alturas.

Assim se traduz geometricamente um fato mecânico complexo. E bem que a tendência para aquela figura seja em geral perturbada ou extinta nas camadas de resistência variável, onde as rochas desvendadas originam o antagonismo das cachoeiras, é inegável que a curva parabólica se delineia nos terrenos homogêneos como sendo a forma definitiva da seção longitudinal de todos os rios no remate de suas vicissitudes evolutivas.

* * *

O Purus é um dos melhores exemplos.

Desenhando-se-lhe o perfil em toda a extensão itinerária de 3.210 quilômetros que vai da embocadura no Solimões aos últimos manadeiros do ribeirão Pucani, na serrania deprimida e sem nome que separa as maiores bacias hidrográficas da Terra, chega-se muito aproximadamente àquele ramo de parábola. Pelo menos nenhuma outra curva o definirá melhor.

Demonstra-o este quadro onde os vários trechos se sucedem de modo a acompanhar-se em todo o seu percurso a queda regularíssima das águas:

À margem da história

SEÇÕES	Distâncias itinerárias (quilômetros)	Diferenças de nível (metros)	Declividade geral	Declive quilométrico (metros)
Das nascentes ao Curiúja	117	189	1/619	1,60
Do Curiúja a Curanja	278	60	1/4500	0,22
De curanja à foz do Chandless	304	49	1/6500	0,16
Do Chandless à foz do Iaco	300	39	1/7700	0,13
Do Iaco ao Acre	237	27	1/8700	0,115
Do Acre ao Panhini	233	20	1/11000	0,085
Do Panhini ao Mucuim	740	58	1/2900	0,077
Do Mucuim ao Solimões	990	15	1/66700	0,015

Aí só há um dado vacilante: o que resulta da diferença de nível nos pontos extremos do último trecho. Deduzimo-lo adotando um mínimo de 18 metros para a altura da foz do Purus, sobre o nível do mar, quando ela é certamente maior e mais favorável, portanto, às nossas conclusões. Os demais elementos, devemo-los aos trabalhos de William Chandless e às nossas observações recentes.

Ora, ao mais rápido lance de vistas, e sem que se exija um desenho facílimo, verifica-se que o grande rio, atravessando um terreno homogêneo e mais ou menos impermeável, subordinado a um declive que, apesar de diminuto, é dominante na vasta planura, onde as chuvas se distribuem com regularidade incomparável — é dos que mais se adaptam às condições teóricas indicadas por Morris Davis; e no ultimar a sua evolução geológica retrata-se admiravelmente na parábola majestosa de que tratamos há pouco.

No estudar o seu regime geral vamos, portanto, com a firmeza de quem discute a equação de uma curva.

Assim, considerando o primeiro trecho, aquela declividade de 1,60m por quilômetro, tão diversa da que se lhe sucede, de 0,22m, diz-nos para logo,

19

dispensando o exame local, que o verdadeiro Alto-Purus — demarcado oficialmente a partir da boca do Acre, e estendido por alguns geógrafos ainda mais para jusante — principia de fato muito além, a 3.019 quilômetros da foz, na confluência do Cujar e do Curiúja, os dois tributários em que ele se reparte numa dicotomia perfeita, perdendo o nome e esgalhando-se largamente fracionado pelos mais remotos pontos da sua vasta bacia de captação.

Por outro lado, o declive real de 1/619 mal se aproxima da conhecida relação 1/500 firmada como o limite mínimo das vertentes torrenciais.

Conclui-se, então, de pronto, que o rio, até no seu último segmento, onde é sempre mais difícil e remorada a regularização dos leitos, está numa fase avançadíssima de desenvolvimento. É o caso excepcional de uma grande artéria, entre as maiores existentes, capaz de ser navegada nas mais extremas nascentes, durante as cheias que lhe encubram os numerosos degraus das corredeiras — porque em tal quadra, admitindo que as águas subam de três metros numa calha de dez, com aquele declive, que corresponde a 0,0016m por metro, o simples emprego da fórmula de D'Aubuisson nos diz que as correntes derivarão com a velocidade máxima de apenas 2,20m, facilmente balanceada por uma lancha veloz.

Ora, estas deduções resultantes de breve contemplação de um quadro tão expressivo que dispensa o diagrama correspondente, ressaltam, vivamente, às mais incuriosas vistas de observador escoteiro, que ali passe depois de varar a planura amazônica num itinerário de quinhentas léguas.

De fato, o que sobremaneira o impressionou é o espetáculo da terra profundamente trabalhada pelo indefinido e incomensurável esforço dos formadores do rio. Chega, depois de trilhar o *canyon* coleante do Pucani, ao sopé das últimas vertentes; defronte a clivosa escarpa de uma corda insignificante de cerros deprimidos; vinga-lhe em três minutos a altura relativa de sessenta metros escassos — e não acredita que esteja na fronteira hidrográfica mais extraordinária do globo, podendo ir de uma passada única do Vale do Amazonas ao Vale do Ucaiali...

A altura em que se vê não lhe basta a desapertar os horizontes, ou a atalaiar as distâncias. É inapreciável. Não há abrangê-la com a escala mais favorável dos mapas. E sem dúvida jamais compreenderia tão indeciso *divortium aquarum* a tão opulentas artérias, se ao buscar aqueles rincões, varando, ao arrepio das itaipavas, por dentro das calhas reprofundadas do Cujar, do Cavaljane e do Pucani, o observador se não habituasse a contemplar, longos dias, os mais enérgicos efeitos da dinâmica poderosa das águas que transmudaram a paragem outrora mais em relevo e dominante. Não lhe importa a inópia de conhecimentos paleontológicos ou a carência de fósseis norteadores. Está, evidentemente, sobre a ruinaria de uma sublevação quase extinta, cujo sinclinal ele pôde reconstruir, prolongando as linhas dos estratos que afloram nos sulcos onde se encaixam aqueles últimos tributários, denunciando todos na tranquilidade relativa, quase remansados nos intervalos de suas corredeiras (restos de velhíssimas catadupas destruídas), a derradeira fase de uma luta em que o Purus, para alongar a sua seção de estabilidade, teve que derruir montanhas. Pelo menos a atividade erosiva e o volume de materiais arrebatados de todos aqueles pendores, foram incalculáveis, para que as linhas de drenagem se abatessem até ao substractum rochoso e declinassem, como vimos, aos graus apropriados aos cursos navegáveis.

Apesar disto, a transição para o trecho seguinte ainda é repentina. Passa-se da declividade quilométrica de 1,60m para a de 0,22m.

Mas é o único salto. Daí por diante, como o revela o quadro anterior, até ao último segmento extremado pela foz, onde para descer-se um metro se tem de caminhar 66,700, a atenuação dos declives prossegue com uma regularidade perfeita, incluindo o Purus entre as caudais de todo regularizadas, cujo "ciclo vital" progressivo vai cerrando-se.

Não aprofunda mais o leito. Os próprios afloramentos de grés (*Parasandstein*) aparecendo nas vazantes, dispersos entre Huitanaã e a embocadura do Acre, e dali para cima ainda mais raros até pouco além do Iaco, reforçam a afirmativa, bem que na aparência a invalidem. Restos de antigas corredeiras desmanteladas, surgem como testemunhos das erosões primitivas e não provocam, em geral, o mínimo desnivelamento. O pequeno povoado da Cachoeira, que se erige defrontando um trecho tranquilo do rio, tem o mais impróprio dos nomes, expressivo apenas no recordar um acidente perdido em remoto passado geológico e do qual perduram apenas alguns blocos desordenadamente acumulados em minúsculos recifes, e breves "travessões". Ali, como nos outros trechos, o mesmo quadro da terra estirando-se, complanada, pelos quadrantes, ou docemente ondulada denunciando a mais completa moldurage, associa-se aos demais caracteres no sugerir a derradeira fase do processo evolutivo do vale.

Um elemento apenas falta: a regularidade na sucessão das curvas de nível das vertentes imediatas às margens, que se fronteiam. Qualquer seção transversal do Purus representa as mais das vezes uma praia deprimida que mal se alteia vagarosamente até ao rebordo longínquo da planície pouco elevada, contraposta a uma barranca despenhada, como a da margem oposta à boca do Chandless, ou caindo às vezes a prumo, feito uma muralha, como na situação admirável do Catai.

É que à imutabilidade daquele perfil de equilíbrio se antepõe a variabilidade da sua planta, em escala capaz de justificar os que o incluem entre os rios "cujos leitos e margens não estão sequer delineados em seus perfis de estrutura definida e assente".

Realmente, o Purus, um dos mais tortuosos cursos d'água que se registram, é também dos que mais variam de leito. Divaga, consoante o dizer dos modernos geógrafos. A própria velocidade diminuta, que adquiriu e vai decrescendo sempre até ao quase rebalsamento, nas cercanias da foz, aliada à inconsistência dos terrenos aluvianos, formados por ele mesmo com os materiais conduzidos das nascentes, determina-lhe este caráter volúvel. Às suas águas, derivando em correntezas fracas, falta a quantidade de movimento necessária às direções intorcíveis. O mínimo obstáculo desloca-as. Um tronco de samaúma que tombe de uma das margens, abarreirando-se ligeiramente, desvia o empuxo da massa líquida contra a outra, onde de pronto se exercita, menos em virtude da força viva da corrente que da incoerência das terras, intensíssima erosão de efeitos precipitados.

A indecisa arqueadura, que logo se forma, circularmente, se acentua, e, à medida que aumenta, vai tornando mais violentos os ataques da componente centrífuga da correnteza que lhe solapa a concavidade crescente, fazendo com que em poucos anos todo o rio se afaste, lateralmente, do primitivo rumo. Mas como este se traçou adscrito aos pontos determinantes de um perfil de equilíbrio inviolável, aquele desvio nunca é uma bifurcação, ou definitiva mudança. O rio, depois de rasgar o amplo circo de erosão, procura volver ao antigo canal, como quem contorneou apenas um obstáculo encontrado em caminho.

O círculo por onde ele se alonga tende a fechar-se. De sorte que toda a área de terrenos abrangidos se transmuda em verdadeira península, ligada por um istmo tão delgado, às vezes, que o caminhante o atravessa em minutos, enquanto gasta um dia inteiro de viagem, embarcado, para perlongar o contorno da terra quase insulada. Por fim esta se destaca, ilhando-se de todo. No sobrevir de uma enchente o Purus despedaça a frágil barreira do istmo; e retoma, de golpe, o primitivo curso, deixando à margem, a relembrar o desvio por onde divagou, um lago anular, não raro amplíssimo. Prossegue. Reproduz adiante outros meandros caprichosos, completados sempre pela criação dos mesmos lagos, ou *sacados*. E assim vai — perpetuamente oscilante aos lados de seu eixo invariável — num ritmo perfeito, refletindo o jogar de leis mecânicas capazes de se sintetizarem numa fórmula, que seria a tradução analítica de curioso movimento pendular sobre um plano de nível.

Desta maneira, ali se resolve naturalmente um dos mais sérios problemas de hidráulica fluvial. De fato, aqueles lagos são verdadeiros diques, funcionando com um duplo efeito: de um lado impedem as inundações devastadoras, absorvendo os excessos das cheias transbordantes; de outro lado, regulam o regime das águas, durante as grandes estiagens, em que se abrem por si mesmos, automaticamente, *estourando*, para usar uma expressão local, e restituindo ao rio empobrecido da vazante parte das massas líquidas que economizaram.

Não se calcula o valor destes trabalhos colossais da natureza.

Revela-no-los bem um confronto expressivo. Os hidráulicos franceses que averbaram em 1856, como pormenor inverossímil, uma subida de 10,90m das águas do Garonne, originando uma das inundações mais funestas que têm ocorrido na Europa, certo não compreenderiam a própria existência do vasto território amazônico convizinho ao Purus (que vale cerca de cinquenta Garonnes cheios) se soubessem que ele se alteia 15 metros na foz, onde tem uma milha de largo, e que dali a montante as águas tufam num crescendo espantoso até 23 metros sobre as estiagens, na confluência do Acre.

No entanto estas enchentes são inócuas.

A massa líquida, inflada logo às primeiras chuvas, sobe, galgando velozmente as barrancas, e em poucos dias vai bater nos esteios dos barracões eretos nos firmes mais altos do terreno... e todo este dilúvio em marcha não acachoa, não tumultua, não se arremessa em correntezas vertiginosas, não enleia as embarcações torcendo-as nas espirais vibrantes dos remoinhos e não devasta a terra. Difunde-se; extingue-se silenciosamente; perde-se inofensivo naqueles milhares de válvulas de segurança; e espraiando-se, raso, pelo chão das matas, ou espalmando-se, desafogadamente, em desmarcadas superfícies onde repontam, salteadas, as últimas ramas floridas dos igapós afogados, vai, ao contrário, regenerando aquela mesma terra, e reconstruindo-a porque a torna de ano em ano mais elevada com a *colmatage* perfeita de toda a vasa que acarreta.

Assim, em toda aquela planura, o notável afluente amazônico, serpenteando nas inumeráveis sinuosas que lhe tornam as distâncias itinerárias duplas das geográficas, inclui-se entre os mais interessantes "rios trabalhadores", construindo os diques submersíveis que o aliviam nas enchentes

— e lhe repontam, intermitentemente às duas bandas, ora próximos, ora afastados, salpintando todas as várzeas ribeirinhas, e avultando maiores e mais numerosos à medida que se desce, e se amortecem os declives, até a larga baixada centralizada em Cantuama onde as grandes águas tranquilas derivam majestosamente, equilibradas, sulcando de meio a meio a vastidão de nível de um mediterrâneo esparso.

* * *

Mas esta formação de lagos ou reservatórios naturais, cuja função benéfica vimos de relance, acarreta inconvenientes de tal porte que tornam, por vezes, em alguns pontos, quase impenetrável uma artéria fluvial que pelos elementos privilegiados de seu perfil concorre com as mais acessíveis à navegação regular.

Realmente nesse afanoso derruir de barrancas, para torcer-se em seus incontáveis meandros, o Purus entope-se com as raízes e troncos das árvores que o marginam.

Às vezes é um lanço unido, de quilômetros, de "barreira", que lhe cai de uma vez e de súbito em cima, atirando-lhe, desarraigada, sobre o leito, uma floresta inteira.

O fato é vulgaríssimo. Conhecem-no todos os que por ali andam. Não raro o viajante, à noite, desperta sacudido por uma vibração de terremoto, e aturde-se apavorado ouvindo logo após o fragor indescritível de miríades de frondes, de troncos, de galhos, entrebatendo-se, rangendo, estalando e caindo todos a um tempo, num baque surdo e prolongado, lembrando o assalto fulminante de um cataclismo e um desabamento da terra.

São, de fato, "as terras caídas", das quais resultam sempre duas sortes de obstáculos: de um lado o inextricável acervo de galhadas e troncos, que se entrecruzam à superfície d'água, ou irrompem em pontas ameaçadoras, do fundo; e de outro as massas argilosas, ou argilo-arenosas, que a corrente pouco veloz não dissolve, permitindo-lhes acumularem-se nas minúsculas ilhotas dos "torrões", ou, mais prejudiciais, nos rasos bancos compactos dos "salões", impropriando a passagem aos mais diminutos calados.

Não precisamos insistir neste fato. A sua gravidade é intuitiva. E considerando-se que ele se reproduz em toda a extensão de 480 quilômetros, que vai da embocadura Do Iaco à do Curiúja, onde se acumulam cada vez mais aqueles entraves, indefinidamente crescentes, chega-se a concluir que o Purus, depois de haver conseguido um dos mais regulares perfis de toda a hidrografia e de aparelhar-se com os melhores elementos predispostos a uma rara fixidez de regime, erigindo-se modelo admirável entre as caudais mais bem talhadas à grande navegação — está, agora, a pouco e pouco perdendo a maior parte dos seus requisitos superiores, com o progredir de um atravancamento em larga escala, que o tornará mais tarde inteiramente impenetrável.

Dizemo-lo baseando-nos em penosa experiência culminada por um naufrágio. Sobretudo além da embocadura do Chandless, multiplicam-se tanto estes empecilhos de todo estranhos à "tectônica" especial do rio, que em longos "estirões" com a profundidade média de cinco a seis pés, nas vazantes, onde passariam carregadas as mais poderosas lanchas, mal pode deslizar uma montaria ligeira. Escusamo-nos de exemplificar alongando estas considerações ligeiras. Notemos apenas que a partir do tributário precitado até à bifurcação Cujar-Curiúja, o Purus em vários lugares parece correr por cima de uma antiga derrubada. Vai-se como entre os galhos estonados e revoltos de uma floresta morta. E se observarmos que, além dos empeços em si mesmas encerrados, estas tranqueiras, rebalsando as águas que se filtram entre os ramos unidos, facilitam a formação de toda a sorte de baixios, compreender-se-á em toda a sua latitude o progredimento contínuo dessa obstrução prejudicialíssima.

Porque os homens que ali mourejam — o caucheiro peruano com as suas *tanganas* rijas, nas montarias velozes, o nosso seringueiro, com os varejões que lhe impulsionam as ubás, ou o regatão de todas as pátrias que por ali mercadeja nas ronceiras alvarengas arrastadas à sirga — nunca intervêm para melhorar a sua única e magnífica estrada; passam e repassam nas paragens perigosas; esbarram mil vezes a canoa num tronco caído há dez anos junto à beira de um canal; insinuam-se mil vezes com as maiores dificuldades numa ramagem revolta barrando-lhes de lado a lado o caminho, encalham e arrastam penosamente as canoas sobre os mesmos "salões" de argila endurecida; vezes sem conta arriscam-se ao naufrágio, precipitando, ao som das águas, as ubás contra as pontas duríssimas dos troncos que se enristam invisíveis, submersos de um palmo — mas não despendem o mínimo esforço e não despedem um golpe único de facão ou de machado num só daqueles paus, para desafogar a travessia.

As lanchas, e até os vapores, que ali vão aparecendo mais a miúdo, à medida que avultam as safras dos cento e vinte opulentos seringais que já se abriram acima da confluência do Iaco, viajam, invariavelmente, nas quadras favoráveis das cheias, quando aqueles entraves se afogam em alguns metros de fundo.

Sobem, velozes, o rio; descarregam, precipitadamente, em vários pontos as mercadorias consignadas; carregam-se de borracha; e tornam logo, precípites, águas abaixo, fugindo. Apesar disto, algumas não se forram a repentinas descidas de nível, prendendo-as. E lá se ficam, longos meses — esperando a outra enchente, ou o inesperado de um "repiquete" propício, invernando paradoxalmente sob as soalheiras caniculares — nas mais curiosas situações: ora em pleno rio, agarradas pelos centenares de braços das árvores secas, que as imobilizam; ora a meio da barranca, onde as surpreendeu a vazante, grosseiramente especadas, incumbentes, com as proas afocinhando, inclinadas, em riscos permanentes de queda; ora no alto de uma barreira, como autênticos navios-fantasmas, aparecendo, de improviso e surpreendedoramente, em plena entrada da mata majestosa.

O contraste desta navegação com as admiráveis condições técnicas imanentes ao rio é flagrante. O Purus — e como ele todos os tributários meridionais do Amazonas, à parte o Madeira — está inteiramente abandonado.

Entretanto, o simples enunciado destes inconvenientes, evidentemente alheios às suas admiráveis condições estruturais, delata que a remoção deles, embora demorada, não demanda trabalhos excepcionais de engenharia e excepcionais dispêndios.

O que resta fazer, ao homem, é rudimentar e simples.

Os grandes, os sérios problemas de hidráulica fluvial que ali houve, resolveu-os o próprio rio agindo no jogo harmonioso das forças naturais que o modelaram.

E eles representam um trabalho incalculável. O Purus é uma das maiores dádivas entre tantas com que nos esmaga uma natureza escandalosamente perdulária.

Vejamo-lo, de relance.

Toda a hidráulica fluvial parece ter nascido entre os leitos do Garonne e do Loire, tais e tantos os monumentos que ali levantou a engenharia francesa.

Nunca o homem arremeteu com tamanha pertinácia e brilho com a brutalidade dos elementos. Os romanos transfigurando a Argélia e os holandeses construindo a Holanda, emparelham-se bem com os abnegados profissionais que durante um século, impassíveis ante sucessivos reveses, se devotaram à empresa exaustiva de paralisar torrentes, de atenuar inundações e de encadear avalanchas, na dupla tentativa de facilitar a navegação e de proteger os territórios ribeirinhos. E todo esse magnífico esforço em que se imortalizaram Deschamps, Dieulafoy e Belgrand resultou em grande parte inútil. Inútil ou contraproducente. Os primores da engenharia estragaram o Loire.

Os diques submersíveis ou insubmersíveis destinados a salvarem as povoações, os canais de socorro que se lhes anexavam, as margens artificiais ladeando em dezenas de quilômetros o leito menor das caudais, os enrocamentos antepostos às erosões, as barragens antepostas às correntezas
— tinham em geral a duração efêmera dos seis meses da estiagem, tal a inconstância irreparável daquelas artérias.

Por fim engenharam-se estupendos reservatórios alcandorados nos Pireneus, escalonando-se por todos os pendores, para armazenar as inundações. E armazenavam catástrofes — rompendo-se-lhes os muros, de onde saltavam as ondas despenhadas varrendo povoados inteiros...

Mas ainda quando estas rupturas dos reservatórios compensadores não formassem os episódios mais dramáticos da história da engenharia, e eles pudessem erigir-se estáveis e sem riscos, nós, quaisquer que fossem os nossos esforços e os nossos dispêndios, jamais os construiríamos como no-los construiu o Purus.

Considere-se, para isto, este exemplo. Duponchel, para dar ao Neste — um pequeno rio com a despesa média de 25 metros cúbicos — um modelo constante, que lhe amortecesse as inundações, calculou um reservatório de 300.000.000.000 de litros e recuou ante o algarismo colossal.

Ora, o Neste é três vezes menor do que o Iaco, que, entretanto, não se inclui entre os maiores afluentes do Purus.

Diante destes dados formidáveis põe-se de manifesto que a construção de reservatórios compensadores no grande rio seria o mesmo que fazer um mar; e conclui-se que os existentes, numerosíssimos, às suas margens, representam um capital inestimável e acima dos mais ousados orçamentos.

Precisamos ao menos conservá-lo. Aproveitemos uma lição velha de um século. O Mississipi, que no seu curso inferior retrata o traçado do Purus com a exação de um decalque, era, pelas mesmas causas, ainda mais inçado de empecilhos, tornando-o quase impenetrável e em muitos lugares de todo intransponível. Alguns dos seus tributários não estavam apenas trancados: desapareciam, literalmente, sob os abatises.

No entanto o grande rio, hoje transfigurado, desenha-se como um dos traços mais vivos da pertinácia norte-americana.

Lá está, porém, no seu vale, em um de seus afluentes, o rio Vermelho, um caso desalentador. É um rio perdido. O *yankee* descobriu-o tarde demais. A desmedida tranqueira, *the great raft*, exatamente formada como as que estão formando-se no Purus, estira o labirinto de seus madeiros e das suas frondes mortas por 630 quilômetros — e lá está, indestrutível, depois de desafiar durante vinte e dois anos os maiores esforços para uma desobstrução impossível.

Estabelecida a proporção entre aquele rio minúsculo e o Purus, entre nós e os norte-americanos, aquilatam-se as dificuldades que nos aguardarão, se progredirem os obstáculos apontados, e cuja remoção atual, completando-se com a defesa, embora rudimentar, das margens mais ameaçadas pelas erosões, é ainda de relativa facilidade. Ao mesmo passo se atenuarão consideravelmente as "divagações" precitadas, que constituem verdadeira anomalia num rio aparelhado de um perfil de estabilidade demonstrável até geometricamente, como vimos.

De qualquer modo urge iniciar-se desde já modestíssimo, mas ininterrupto, passando de governo a governo, numa tentativa persistente e inquebrantável, que seja uma espécie de compromisso de honra com o futuro, um serviço organizado de melhoramentos, pequeno embora em começo, mas crescente com os nossos recursos — que nos salve o majestoso rio.

Von den Stein, com a agudeza irrivalizável de seu belo espírito, comparou, algures, pinturescamente, o Xingu a um "enteado" da nossa geografia.

Estiremos o paralelo.

O Purus é um enjeitado.

Precisamos incorporá-lo ao nosso progresso, do qual ele será, ao cabo, um dos maiores fatores, porque é pelo seu leito desmedido em fora que se traça, nestes dias, uma das mais arrojadas linhas da nossa expansão histórica.

Um clima caluniado

Na definição climática das circunscrições territoriais criadas pelo Tratado de Petrópolis tem-se incluído sempre um elemento curiosíssimo, ante o qual o psicólogo mais rombo suplanta a competência do professor Hann, ou qualquer outro mestre em coisas meteorológicas: o desfalecimento moral dos que para lá seguem e levam desde o dia da partida a preocupação absorvente da volta no mais breve prazo possível. Cria-se uma nova sorte de exilados — o exilado que pede o exílio, lutando por vezes para o conseguir, repelindo outros concorrentes, ao mesmo passo que vai adensando na fantasia alarmada as mais lutuosas imagens no prefigurar o paraíso tenebroso que o atrai.

Parte, e leva no próprio estado emotivo a receptividade a todas as moléstias. Atravessa quinze dias infindáveis a contornear a nossa costa. Entra no Amazonas. Reanima-se um momento ante a fisionomia singular da terra; mas para logo acabrunha-o a imensidade deprimida — onde o olhar lhe morre no próprio quadro que contempla, certo enorme, mas em branco e reduzido às molduras indecisas das margens afastadas. Sobe o grande rio; e vão-se-lhe os dias inúteis ante a imobilidade estranha das paisagens de uma só cor, de uma só altura e de um só modelo, com a sensação angustiosa de uma parada na vida: atônicas todas as impressões, extinta a ideia do tempo, que a sucessão das aparências exteriores, uniformes, não revela — e retraída a alma numa nostalgia que não é apenas a saudade da terra nativa, mas da Terra, das formas naturais tradicionalmente vinculadas às nossas contemplações, que ali se não veem, ou se não destacam na uniformidade das planuras...

Entra por um dos grandes tributários, o Juruá ou o Purus. Atinge ao seu objetivo remoto; e todos os desalentos se lhe agravam. A terra é, naturalmente, desgraciosa e triste, porque é nova. Está em ser. Faltam-lhe à vestimenta de matas os recortes artísticos do trabalho.

Há paisagens cultas que vemos por vezes, subjetivamente, como um reflexo subconsciente de velhas contemplações ancestrais. Os cerros ondulantes, os vales, os litorais que se recortam de angras, e os próprios desertos recrestados, afeiçoam-se-nos às vistas por maneira a admitirmos um modo qualquer de reminiscência atávica. Vendo-os pela primeira vez, temos o encanto de equipararmos o que imaginamos com o que se nos antolha, numa exteriorização tangível de contornos anteriormente idealizados.

Ali, não. Desaparecem as formas topográficas mais associadas à existência humana. Há alguma coisa extraterrestre naquela natureza anfíbia, misto de águas e de terras, que se oculta, completamente nivelada, na sua própria grandeza. E sente-se bem que ela permaneceria para sempre impenetrável se não se desentranhasse em preciosos produtos adquiridos de pronto sem a constância e a continuidade das culturas. As gentes que a povoam talham-se-lhe pela braveza. Não a cultivam, aformoseando-a: domam-na. O cearense, o paraibano, os sertanejos nortistas, em geral, ali estacionam, cumprindo, sem o saberem, uma das maiores empresas destes tempos. Estão amansando o deserto. E as suas almas simples, a um tempo ingênuas e heróicas, disciplinadas pelos reveses, garantem-lhes, mais que os organismos robustos, o triunfo na campanha formidável.

O recém-vindo do Sul chega em pleno desdobrar-se daquela azáfama tumultuária, e, de ordinário, sucumbe. Assombram-no, do mesmo lance, a face desconhecida da paisagem e o quadro daquela sociedade de caboclos titânicos que ali estão construindo um território. Sente-se deslocado no espaço e no tempo; não já fora da pátria, senão arredio da cultura humana, extraviado num recanto da floresta e num desvão obscurecido da História.

Não resiste. Concentra todos os alentos que lhe restam para o só efeito de permanecer algum tempo, inútil e inerte, no posto que lhe marcaram; mal desempenhando os mais simples deveres; indo-se-lhe os olhos em todos os vapores que descem — e o espírito ausente nos lares afastados, longo tempo, em um exaustivo agitar de apreensões e conjeturas — até que o sacuda, inesperadamente, em pleno dia canicular, um súbito estremeção de frio, delatando-lhe a vinda salvadora, e por vezes reconditamente anelada, da febre. E é uma surpresa gratíssima. A vida desperta-se-lhe de golpe, naquela cotovelada da morte que passou por perto. O impaludismo significa-lhe, antes de tudo, a carta de alforria de um atestado médico. É a volta. A volta sem temores, a fuga justificável, a deserção que se legaliza, e o medo sobredoirado de heroísmo, desafiando o espanto dos que lhe ouvem o romance alarmante das moléstias que devastam a paragem maldita.

Porque é preciso coonestar o recuo. Então cada igarapé sem nome é um Ganges pestilento e lúgubre; e os igapós, ou os lagos, espalmam-se nas várzeas empantanadas como lagunas Pontinas incontáveis. Traça-se um quadro nosológico arrepiador e trágico, num imaginoso fabular de agruras; e, dia a dia, a natureza caluniada pelo homem vai aparecendo naquelas bandas, ante as imaginações iludidas, como se lá se demarcasse a paragem clássica da miséria e da morte...

O exagero é palmar. O Acre, ou, em geral, as planuras amazônicas cindidas a meio pelo longo sulco do Purus, têm talvez a letalidade vulgaríssima em todos os lugares recém-abertos ao povoamento. Mas consideravelmente reduzida.

Demonstra-no-lo um ligeiro confronto.

As "Escolas de Medicina Colonial" da Inglaterra e da França, revelam-nos, pelos simples títulos, os resguardos com que se rodeia sempre o transplante dos povos para os novos *habitats*. Há esta linha de nobreza no moderno imperialismo expansionista capaz de absolver-lhe os máximos atentados: os seus brilhantes generais transmudam-se em batedores anônimos dos médicos e dos engenheiros; as maiores batalhas fazem-se-lhe simples reconhecimento da campanha ulterior, contra o clima; e o domínio das raças incompetentes é o começo da redenção dos territórios, num giro magnífico que do Tonquim à Índia, ao Egito, à Tunísia, ao Sudão, à Ilha de Cuba, e às Filipinas, vai generalizando em todos os meridianos a empresa maravilhosa do saneamento da terra.

Da terra e do homem. A tarefa é dúplice. Aos conquistadores tranquilos não lhes basta o perquirir as causas meteorológicas ou telúricas das moléstias imanentes aos trechos recém-conquistados, na escala indefinida que vai das anemias estivais às febres polimorfas. Resta-lhes o encargo maior de justapor os novos organismos aos novos meios, corrigindo-lhes os temperamentos, destruindo-lhes velhos hábitos incompatíveis, ou criando-lhes outros até se construir, por um processo a um tempo compensador e estimulante, o indivíduo inteiramente aclimado, tão outro por vezes nos seus caracteres físicos e psíquicos que é, verdadeiramente, um indígena artificial transfigurado pela higiene. Para isto o colono, ou o emigrante, torna-se em toda a parte um pupilo do Estado. Todos os seus atos, desde o dia da partida, prefixo nas estações mais convenientes, aos últimos pormenores de alimentação, ou de vestir, predeterminam-se em regulamentos rigorosos. Dentro dos lineamentos largos das características fundamentais do clima quente para onde ele se desloca, urde-se a trama de uma higiene individual, onde se preveem todas as necessidades, todos os acidentes e até os perigos da instabilidade orgânica inevitável à fase fisiológica da adaptação a um meio cósmico, cujo influxo deprimente sobre o europeu vai da musculatura, que se desfibra, à própria fortaleza de espírito, que se deprime. Assim as medidas profiláticas, que começam inspirando-se no estudo dos fatores físicos, acabam, não raro, prolongando-se em belíssimo código de moral demonstrada. De permeio com os preceitos vulgares para o reagir contra a temperatura alta, e a umidade excessiva que lhe abatem a tensão arterial e a atividade, lhe trancam as válvulas de segurança dos poros e lhe fatigam o coração e os nervos, criando-lhe, ao cabo, a iminência mórbida para os males que se desdobram do impaludismo que lhe solapa a vida, às dermatoses que lhe devastam a pele — despontam, mais eficazes e decisivos, os que o aparelham para reagir aos desânimos, à melancolia da existência monótona e primitiva; às amarguras crescentes da saudade; à irritabilidade provinda dos ares intensamente eletrizados e refulgentes; ao isolamento — e, sobretudo, ao quebrantar-se da vontade numa decadência espiritual subitânea e profunda, que se afigura a moléstia única de tais paragens, de onde as demais se derivam como exclusivos sintomas.

Abra-se qualquer regulamento de higiene colonial. Ressaltam à mais breve leitura os esforços incomparáveis das modernas missões e o seu apostolado complexo que, ao revés das antigas, não visam arrebatar para a civilização a barbaria transfigurada, senão transplantar, integralmente, a própria civilização para o seio adverso e rude dos territórios bárbaros.

Nas suas páginas, o que por vezes nos maravilha mais do que os prodígios da previdência e do saber, desenvolvidos para afeiçoar o forasteiro ao meio, é o curso sobremaneira lento, senão o malogro dos mais pertinazes esforços. A França na Indochina, de clima quase temperado, despendeu quinze anos de trabalhos contínuos para que sobrestasse a mortalidade; e, obedecendo aos pareceres dos seus melhores cientistas, renunciou, depois de longas tentativas, ao povoamento sistemático da África Equatorial. O mesmo sucede no geral das colônias inglesas, alemãs ou belgas. Baste-nos notar que a estada regulamentar dos seus agentes oficiais tem o período máximo de três anos. A volta aos lares nativos é uma medida de segurança indispensável a restaurar-lhes os organismos combalidos. Deste modo, a despeito de tão grandes sacrifícios e dispêndios, e dos prodígios de engenharia sanitária que transformam a rudeza topográfica dos lugares novos, formando-se uma verdadeira geografia artística, o que neles se forma, por fim, são umas sociedades precárias de perpétuos convalescentes jungidos a dietas inflexíveis e vivendo através das fórmulas inaturáveis dos receituários complexos.

Ora, comparando-se estas colonizações adstritas às cláusulas de rigorosos estatutos — e de efeitos tão escassos — com o povoamento tumultuário, com a colonização à gandaia do Acre — de resultados surpreendentes — certo não se faz mister registrar um só elemento para o acerto de que o regime da região malsinada não é apenas sobradamente superior ao da maioria dos trechos recém-abertos à expansão colonizadora, senão também ao da grande maioria dos países normalmente habitados.

De fato — à parte o favorável deslocamento paralelo ao equador, demandando as mesmas latitudes — não se conhece na História exemplo mais golpeante de emigração tão anárquica, tão precipitada e tão violadora dos mais vulgares preceitos de aclimamento, quanto o da que desde 1879 até hoje atirou, em sucessivas levas, as populações sertanejas do território entre a Paraíba e o Ceará para aquele recanto da Amazônia. Acompanhando-a, mesmo de relance, põe-se de manifesto que lhe faltou desde o princípio não só a marcha lenta e progressiva das migrações seguras, como os mais ordinários resguardos administrativos.

O povoamento do Acre é um caso histórico inteiramente fortuito, fora da diretriz do nosso progresso.

Tem um reverso tormentoso que ninguém ignora: as secas periódicas dos nossos sertões do Norte, ocasionando o êxodo em massa das multidões flageladas. Não o determinou uma crise de crescimento, ou excesso de vida desbordante, capaz de reanimar outras paragens, dilatando-se em itinerários que são o diagrama visível da marcha triunfante das raças, mas a escassez da vida e a derrota completa ante as calamidades naturais. As suas linhas baralham-se nos traçados revoltos de uma fuga. Agravou-o sempre uma seleção natural invertida: todos os fracos, todos os inúteis, todos os doentes e todos os sacrificados expelidos a esmo, como o rebotalho das gentes, para o deserto. Quando as grandes secas de 1879-1880, 1889-1890, 1900-1901 flamejavam sobre os sertões adustos, e as cidades do litoral se enchiam em poucas semanas de uma população adventícia de famintos assombrosos, devorados das febres e das bexigas — a preocupação exclusiva dos poderes públicos consistia no libertá-las quanto antes daquelas invasões de bárbaros moribundos que infestavam o Brasil. Abarrotavam-se, às carreiras, os vapores, com aqueles fardos agitantes consignados à morte. Mandavam-nos para a Amazônia — vastíssima, despovoada, quase ignota — o que equivalia a expatriá-los dentro da própria pátria. A multidão martirizada, perdidos todos os direitos, rotos os laços da família, que se fracionava no tumulto dos embarques acelerados, partia para aquelas bandas levando uma carta de prego para o desconhecido; e ia, com os seus famintos, os seus febrentos e os seus variolosos, em condições de malignar e corromper as localidades mais salubres do mundo. Mas feita a tarefa expurgatória, não se curava mais dela. Cessava a intervenção governamental. Nunca, até aos nossos dias, a acompanhou um só agente oficial, ou um médico. Os banidos levavam a missão dolorosíssima e única de desaparecerem...

E não desapareceram. Ao contrário, em menos de trinta anos, o Estado que era uma vaga expressão geográfica, um deserto empantanado, a estirar-se, sem lindes, para sudoeste, definiu-se de chofre, avantajando-se aos primeiros pontos do nosso desenvolvimento econômico.

A sua capital — uma cidade de dez anos sobre uma tapera de dois séculos — transformou-se na metrópole da maior navegação fluvial da América do Sul. E naquele extremo sudoeste amazônico, quase misterioso, onde um homem admirável, William Chandless, penetrara 3.200 quilômetros sem lhe encontrar o fim — cem mil sertanejos, ou cem mil ressuscitados, apareciam inesperadamente e repatriavam-se de um modo original e heroico: dilatando a pátria até aos terrenos novos que tinham desvendado.

Abram-se os últimos relatórios das prefeituras do Acre. Nas suas páginas maravilha-nos mais do que as transformações sem par que ali se verificam, o absoluto abandono e o completo relaxo com que ainda se efetua o seu povoamento. Hoje, como há trinta anos, mesmo fora das aperturas e dos tumultos das secas, os imigrantes avançam sem o mínimo resguardo, ou assistência oficial.

* * *

O paralelo é expressivo. Não se compreende a reputação de insalubridade de um tal clima. Evidentemente o que se realizou e se realiza ainda, embora em menor escala no Acre, foi a "seleção telúrica", de que nos fala Kirchhoff: uma sorte de magistratura natural, ou revista severa exercida pela natureza nos indivíduos que a procuram, para só conceder o direito da existência aos que se lhe afeiçoam. Mas o processo é geral.

Em todas as latitudes foi sempre gravíssima nos seus primórdios a afinidade eletiva entre a terra e o homem. Salvam-se os que melhor balanceiam os fatores do clima e os atributos pessoais. O aclimado surge de um binário de forças físicas e morais que vão, de um lado, dos elementos mais sensíveis, térmicos ou higrométricos, ou barométricos, às mais subjetivas impressões oriundas dos aspetos da paisagem; e, de outro, da resistência vital da célula ou do tônus muscular, às energias mais complexas e refinadas do caráter. Durante os primeiros tempos, antes que a transmissão hereditária das qualidades de resistência, adquiridas, garanta a integridade individual com a própria adaptação da raça, a letalidade inevitável, e até necessária, apenas denuncia os efeitos de um processo seletivo. Toda a aclimação é desse modo um plebiscito permanente em que o estrangeiro se elege para a vida. Nos trópicos, é natural que o escrutínio biológico tenha um caráter gravíssimo.

Não há fraudes que lhe minorem as exigências. Caem-lhe sob o exame incorruptível, por igual — o tuberculoso inapto à maior atividade respiratória nos ares adurentes, pobres de oxigênio, e o lascivo desmandado; o cardíaco sucumbido pela queda da tensão arterial, e o alcoólico candidato contumaz a todas as endemias; o linfático colhido de pronto pela anemia e o glutão; o noctívago desfibrado nas vigílias, ou o indolente estagnado nas sestas enervantes; e o colérico, o neurastênico de nervos a vibrarem nos ares eletrizados, descompassadamente, sob o influxo misterioso dos firmamentos deslumbrantes, até aos paroxismos da demência tropical que o fulmina, de pancada, como uma espécie de insolação de espírito.

A cada deslize fisiológico ou moral antepõe-se o corretivo da reação física. E chama-se insalubridade o que é um apuramento, a eliminação generalizada dos incompetentes. Ao cabo verifica-se algumas vezes que não é o clima que é mau; é o homem.

Foi o que sucedeu em grande parte no Acre. As turmas povoadoras que para lá seguiram, sem o exame prévio dos que as formavam e nas mais deploráveis condições de transporte, deparavam, além de tudo isto, com um estado social que ainda mais lhes engravescia a instabilidade e a fraqueza.

Aguardava-as e ainda as aguarda, bem que numa escala menor, a mais imperfeita organização do trabalho que ainda engenhou o egoísmo humano.

Repitamos: o sertanejo emigrante realiza, ali, uma anomalia sobre a qual nunca é demasiado insistir: é o homem que trabalha para escravizar-se.

Enquanto o colono italiano se desloca de Gênova à mais remota fazenda de S. Paulo, paternalmente assistido pelos nossos poderes públicos, o cearense efetua, à sua custa e de todo em todo desamparado, uma viagem mais difícil, em que os adiantamentos feitos pelos contratadores insaciáveis, inçados de parcelas fantásticas e de preços inauditos, o transformam as mais das vezes em devedor para sempre insolvente.

A sua atividade, desde o primeiro golpe de machadinha, constringe-se para logo num círculo vicioso inaturável: o debater-se exaustivo para saldar uma dívida que se avoluma, ameaçadoramente, acompanhando-lhe os esforços e as fadigas para saldá-la. E vê-se completamente só na faina dolorosa. A exploração da seringa, neste ponto pior do que a do caucho, impõe o isolamento. Há um laivo siberiano naquele trabalho. Dostoiévski sombrearia as suas páginas mais lúgubres com esta tortura: a do homem constrangido a calcar durante a vida inteira a mesma "estrada", de que é ele o único transeunte, trilha obscurecida, estreitíssima e circulante, que o leva, intermitentemente e desesperadamente, ao mesmo ponto de partida. Nesta empresa de Sísifo, a rolar em vez de um bloco o seu próprio corpo — partindo, chegando e partindo — nas voltas constritoras de um círculo demoníaco, no seu eterno giro de encarcerado numa prisão sem muros, agravada por um ofício rudimentar que ele aprende em uma hora para exercê-lo toda a vida, automaticamente, por simples movimentos reflexos — se não o enrija uma sólida estrutura moral, vão-se-lhe, com a inteligência atrofiada, todas as esperanças, e as ilusões ingênuas, e a tonificante alacridade que o arrebataram àquele lance, à ventura, em busca da fortuna.

Paralelamente, a decadência orgânica.

A alimentação, que é a base mais firme da higiene tropical, não lha fornece, durante largos anos, a mais rudimentar cultura. Constitui-se, ao revés de todos os preceitos, adstrita aos fornecimentos escassos de todas as conservas suspeitas e nocivas, com o derivativo aleatório das caçadas.

Sobretudo isto, o abandono. O seringueiro é, obrigatoriamente, profissionalmente, um solitário.

Mesmo no Acre propriamente dito, onde a densidade maior das árvores de borracha permite a abertura de 16 "estradas" numa légua quadrada, toda esta área capaz de sustentar, de acordo com a unidade agrícola corrente, cinquenta famílias de pequenos lavradores, requer a atividade de oito homens apenas, que lá se espalham e raramente se vêem. Calcule-se um seringal médio, de duzentas "estradas": tem cerca de 15 léguas quadradas; e este latifúndio, que se povoaria à larga com 3.000 habitantes ativos, comporta apenas a população invisível de 100 trabalhadores, exageradamente dispersos.

É a conservação sistemática do deserto, e a prisão celular do homem na amplitude desafogada da terra.

* * *

Ante estes lineamentos de um quadro social tão anômalo, não é apenas opinável a letalidade do Acre. O que ressalta, irreprimível, é o conceito de uma salubridade capaz de garantir tantas existências submetidas a tão imperfeito regime. Acredita-se até que as características tropicais meramente teóricas se reduzem aos paralelos de baixas latitudes, de 8° a 11°, que interferem a região; e aquilatando-se a influência moderadora sem dúvida exercida pela estupenda massa de florestas, que a circulam e a invadem, chega-se a concluir que ulteriores observações meteorológicas, mal iniciadas agora, talvez lhe apaguem nos mapas o isotermo de 25 graus que a esmo lhe traçaram.

Porque a despeito do incorreto e do vicioso do povoamento e da vida, a sociedade recém chegada aclima-se e progride.

Ao mais incurioso viajante que perlustre o Purus não escapa a transformação lenta e contínua.

O primitivo explorador vai, afinal, ajustando-se ao solo, sobre o qual pisou durante tanto tempo indiferente. As suas barracas desafogam-se nas derrubadas: e já nas praias, que as vazantes desvendam, já nos "firmes", a cavaleiro das cheias, se delineiam as primeiras áreas de cultura. Os tristonhos barracões cobertos de folhas de ubuçu transfundem-se em vivendas regulares, ou amplos sobrados de pedra e cal. Sebastopol, Canacori, S. Luís de Cassianã, Itatuba, Realeza, e dezenas de outros sítios do Baixo-Purus; Liberdade e Concórdia, nos mais longínquos trechos, com as suas casas numerosas, que se arruam às vezes ao lado de pequenas igrejas, ampliam-se em verdadeiras vilas. São a imagem material do domínio e da posse definitiva.

A evolução é, deste modo, tangível.

Delatam-na até os nomes originais, extravagantes alguns, mas eloquentes todos, das primitivas e das recentes fundações. Na terra sem história os primeiros fatos escrevem-se, esparsos e desunidos, nas denominações dos sítios. De um lado está a fase inicial e tormentosa da adaptação, evocando tristezas, martírios, até gritos de desalento ou de socorro; e o viajante lê nas grandes tabuletas suspensas às paredes das casas, de chapa para o rio: *Valha-nos Deus, Saudade, S. João da Miséria, Escondido, Inferno...* De outro um forte renascimento de esperanças e a jovialidade desbordante das gentes redimidas: *Bom Princípio, Novo Encanto, Triunfo, Quero Ver!, Liberdade, Concórdia, Paraíso...*

À medida que se sobe o rio a renascença se acentua. Passada a confluência do Acre vai-se, em vários trechos, entre as estâncias que se defrontam ou se ligam às margens, como se se percorresse cultíssima paragem há muito descoberta. Nada mais do tosco e do brutesco dos primitivos abarracamentos.

Em Gatiana, em Macapá, como nas demais a montante, até à última, Sobral, com a minúscula plantação de cafeeiros que lhe bastam ao consumo, nota-se em tudo, da pequena cultura que se generaliza, aos pomares bem cuidados, o esforço carinhoso do povoador que aformoseia a terra para não mais a abandonar.

E os homens são admiráveis.

Vimo-los de perto; conversamo-los.

Guardamos-lhes os nomes e os apelidos bizarros — do opulento *Caboclo--Real*, da Cachoeira, ao gárrulo *Cai N'água* das cercanias de Chandless; do velho *João Amarelo*, que fundou Catai, e leva ainda, sem titubear, pelos torcicolos das "estradas", os seus setenta anos trabalhados, ao destemeroso *Antônio Dourado*, da Terra Alta, impecável atirador de *rifle*, cujos lances de ousadia nas arrancadas de 1903, com os caucheiros, são uma página vibrante de bravura.

Considerando-os, ou revendo-lhes a integridade orgânica a ressaltar--lhes das musculaturas inteiriças, ou a beleza moral das almas varonis que derrotaram o deserto — e recordando as circunstâncias lastimáveis, que os rodearam nos primeiros dias do povoamento ou que ainda os rodeiam, porventura minoradas — não se lhes explicam as existências vigorosas sob regime climatológico tão maligno e bruto como o que se fantasiou no Acre.

Não vinga, ademais, o argumento de que o sertanejo nortista, ou mais incisivamente, o jagunço, dotado da abstinência pastoral e guerreira do árabe, se tenha apercebido para o novo *habitat*, sob a disciplina inexorável das secas, além de haver-se deslocado seguindo mais ou menos os paralelos do torrão nativo.

O Purus e o Juruá abriram-se há muito à entrada dos mais díspares forasteiros — do sírio, que chega de Beirute, e vai pouco a pouco suplantando o português no comércio do "regatão"; ao italiano aventuroso e artista que lhes bate as margens, longos meses, com a sua máquina fotográfica a colecionar os mais típicos rostos de silvícolas e aspetos bravios de paisagens; ao saxônio fleumático, trocando as suas brumas pelos esplendores dos ares equatoriais. E, na grande maioria, lá vivem todos; agitam-se, prosperam e acabam longevos.

Registre-se este caso. Em 1872, Barrington Brown e William Lidstone percorreram o Baixo-Purus até Huitanaã, embarcados na lancha *Guajará*, sob o comando do Capitão Hoefner, *a german speaking boath english and portuguese in addition*, consoante explicam os dois viajantes no interessante livro que escreveram.

Há trinta e cinco anos...

E o capitão Hoefner lá está, eterno comandante de lancha, a mourejar sem descanso sobre aquelas águas malditas, onde fervilham os piuns sugadores, os carapanãs emissários das febres, e se espalmam, derivando à feição da correnteza insensível, os mururés boiantes, de flores violáceas recordando as grinaldas tristonhas dos enterros. Mas não agourentaram o germano.

Vimo-lo, em fins de 1904, na confluência do Acre. É um velho vivaz e prestadio, diligente e ativo, de rosto aberto e rosado, emoldurado de cabelos inteiramente brancos. Se aparecesse em Berlim, mal lhe descobririam na pele, de leve amorenada, o sombrio estigma dos trópicos.

Multiplicam-se os casos deste teor, acordes todos na extinção de uma lenda.

Resta, talvez, à teimosia no propagá-la, um derradeiro argumento: aqueles caboclos rijos e esse saxônio excepcional não são efeitos do meio; surgem a despeito do meio; triunfam num final de luta, em que sucumbiram, em maior número, os que se não aparelhavam dos mesmos requisitos de robustez, energia e abstinência. Neste caso atiremos de lado, de uma vez, um estéril sentimentalismo e reconheçamos naquele clima uma função superior. Ante as circunstâncias nocivas que originaram e impulsionaram o povoamento do Acre, largos anos aberto à intrusão de todas as moléstias e de todos os vícios favorecidos pela indiferença dos poderes públicos, ele exercitou uma fiscalização incorruptível, libertando aquele território de calamidades e desmandos, que seriam, além de toda a proporção, muito maiores do que os que ainda hoje lá se observam.

Policiou, saneou, moralizou. Elegeu e elege para a vida os mais dignos. Eliminou e elimina os incapazes, pela fuga ou pela morte.

E é por certo um clima admirável o que prepara as paragens novas para os fortes, para os perseverantes e para os bons.

Os Caucheiros

*A*quém da margem direita do Ucaiali e das terras onduladas, onde se formam os manadeiros do Javari, do Juruá e do Purus, apareceu há cerca de cinquenta anos uma sociedade nova. Formara-se obscuramente. Perdida longo tempo no afogado das selvas, apenas a conheciam raros comerciantes do Pará, onde, desde 1862, começaram a chegar, provindas daqueles pontos remotos, as pranchas pardo-escuras de uma outra goma elástica concorrente com a seringa às exigências da indústria.

Era o caucho. E "caucheiros" apelidaram-se para logo os aventurosos sertanistas que batiam atrevidamente aqueles rincões ignorados.

Vinham do ocidente, transpondo os Andes e suportando todos os climas da terra, dos litorais adustos do Pacífico às "*Punas*" enregeladas das cordilheiras. Entre eles e o torrão nativo ficavam duas muralhas altas de seis mil metros e um longo valo escancelado em abismos. Adiante os plainos amazônicos: um estiramento de centenares de milhas para NE, a perder-se, indefinido, na prolongação atlântica, sem a juga de um cerro balizando a imensidade.

Nunca se armou tão imponente cenário a tão pequeninos atores.

É natural que os sertanistas pervagassem largos anos, esparsos, diminutos, invisíveis, tateantes no perpétuo crepúsculo daquelas matas longínquas, onde, mais sérias que o desmedido das distâncias e os bravios da espessura, outras dificuldades lhes renteavam ou perturbavam os passos vacilantes.

Realmente, toda a zona em que se traça, ainda pontuada, a linha limítrofe brasilio-peruana, e irradiam para os quadrantes os formadores do Purus e do Juruá, as vertentes mais setentrionais do Urubamba e os últimos esgalhos do Madre de Diós, figurava entre as mais desconhecidas da América, menos em virtude de suas condições físicas excepcionais, vencidas em 1844 por F. Castelnau, que pelo renome temeroso das tribos que a povoam e se tornaram, sob o nome genérico de "chunchos", o máximo pavor dos mais destemerosos pioneiros. Não há nomeá-las todas. Quem sobe o Purus, contemplando de longe em longe, até às cercanias da Cachoeira, as *pamaris* rarescentes, mal recordando os antigos donos daquelas várzeas; e dali para montante os ipurinãs inofensivos; ou a partir do Iaco, os *tucurinas* que já nascem velhos, tanto se lhes reflete na compleição tolhiça a decrepitude da raça — tem a maior das surpresas ao deparar, nas cabeceiras do rio, com os silvícolas singulares que as animam. Discordes nos hábitos e na procedência, lá se comprimem em ajuntamento forçado: os *amauacas* mansos que se agregam aos "puestos" dos extratores do caucho; os *coronauas* indomáveis, senhores das cabeceiras do Curanja; os *piros* acobreados, de rebrilhantes dentes tintos de resina escura que lhes dão aos rostos, quando sorriem, indefiníveis traços de ameaças sombrias; os barbudos *cashillos* afeitos ao extermínio em correrias de duzentos anos sobre os destroços das missões do Pachitéa; os *conibos* de crânios deformados e bustos espantadamente listrados de vermelho e azul; os *setebos, sipibos* e *iurimauas*; os *mashcos* corpulentos, do Mano, evocando no desconforme da estatura os gigantes fabulados pelos primeiros cartógrafos da Amazônia; e, sobre todos, suplantando-os na fama e no valor, os *campas* aguerridos do Urubamba...

A variedade das cabildas em área tão reduzida trai a pressão estranha que as constringe. O ajuntamento é forçado.

Elas estão, evidentemente, nos últimos redutos para onde refluíram no desfecho de uma campanha secular, que vem do apostolado das Maynas às expedições modernas e cujos episódios culminantes se perderam para a História.

O narrador destes dias chega no final de um drama, e contempla surpreendido o seu último quadro prestes a cerrar-se.

A civilização, barbaramente armada de *rifles* fulminantes, assedia completamente ali a barbaria encantada: os peruanos pelo ocidente e pelo sul; os brasileiros em todo o quadrante de NE; no de SE, trancando o vale do Madre de Diós, os bolivianos.

E os caucheiros aparecem como os mais avantajados batedores da sinistra catequese a ferro e fogo, que vai exterminando naqueles sertões remotíssimos os mais interessantes aborígenes sul-americanos.

* * *

À margem da história

Esta missão histórica advém-lhes da fragilidade de uma árvore. O caucheiro é forçadamente um nômade votado ao combate, à destruição e a uma vida errante ou tumulturária, porque a *Castilloa elastica* que lhe fornece a borracha apetecida não permite, como as *heveas* brasileiras, uma exploração estável, pelo renovar periodicamente o suco vital que lhe retiram. É excepcionalmente sensível. Desde que a golpeiem, morre, ou definha durante largo tempo, inútil. Assim o extrator derruba-a de uma vez para aproveitá-la toda. Atora-a, depois, de metro em metro, desde as sapopembas aos últimos galhos das frondes; e abrindo no chão, ao longo do madeiro derrubado, rasas cavidades retangulares correspondentes às secções dos toros, delas retira, ao fim de uma semana, as "planchas" valiosas, enquanto os restos aderidos à casca, nos rebordos dos cortes, ou esparsos a esmo pelo solo, constituem, reunidos, o "sernambi" de qualidade inferior.

O processo, como se vê, é rudimentar e rápido. Esgota-se em pouco tempo o cauchal mais exuberante; e como as castiloas não se distribuem regularmente pelas matas, viçando em grupos por vezes bastante separados, os exploradores deslocam-se a outros rumos, reeditando quase sem variantes todas as peripécias daquela vida aleatória de caçadores de árvores.

Deste modo o nomadismo impõe-se-lhes. É-lhes condição inviolável de êxito. Afundam temerariamente no deserto; insulam-se em sucessivos sítios e não revêem nunca os caminhos percorridos. Condenados ao desconhecido, afeiçoam-se às paragens ínvias e inteiramente novas. Alcançam-nas: abandonam-nas. Prosseguem e não se restribam nas posições às vezes arduamente conquistadas.

Atingindo qualquer trecho onde os pés de caucho se descubram, levantam à beira de uma quebrada o primeiro tambo de paxiúba, e atiram-se à tarefa agitadíssima. Os seus primeiros instrumentos de trabalho são a carabina Winchester — o *rifle* curto adrede disposto aos recontros no trançado das ramarias —, o machete cortante que lhes destrana os cipoais, e a bússola portátil, norteando-os no embaralhado das veredas. Tomam-nos e lançam-se a uma revista cautelosa das cercanias. Vão em busca do selvagem que devem combater e exterminar ou escravizar, para que do mesmo lance tenham toda a segurança no novo posto de trabalhos e braços que lhos impulsionem.

São bem poucos às vezes os que se abalançam a esta preliminar obrigatória e temerária: meia-dúzia de homens, dispersando-se e mergulhando silenciosamente na espessura. E lá se vão, perquirindo e sondando todos os recessos; batendo palmo a palmo todos os recantos suspeitos; anotando de cor, num exaustivo levantamento topográfico, de memória, os mais variados acidentes; ao mesmo passo que com os olhos e ouvidos armados aos mais fugitivos aspetos e aos mais vagos rumores dos ares murmurantes da floresta, vão premunindo-se dos resguardos e ardilezas que se exigem naquele assombroso duelo sevilhano com o deserto.

Alguns não tornam mais. Outros, volvem indenes aos pousos, depois da perquirição inútil. Algum, porém, ao cabo da pesquisa fatigante, lobriga ao longe, meio indistintas nas folhagens, as primeiras cabanas do selvagem. Mal refreia um grito de triunfo, e não volve logo a comunicar aos companheiros o achado.

Refina a sua astúcia extraordinária. Cose-se com o chão, e, de rastros, *fareando el peligro*, aproxima-se quando pode do inimigo descuidado. Há, realmente, neste lance, um traço comovente de heroísmo. O homem perdido na solidão absoluta vai procurar o bárbaro, levando a escolta única das dezoito balas de seu *rifle* carregado.

É um rastejamento longo, tortuoso e lento, em que ele aproveita todos os acidentes, encobrindo-se por detrás dos troncos ou entaliscando-se nos ângulos das sapopembas, deslizando sem ruído sobre as camadas das ramas decompostas, ou insinuando-se entre as hastes unidas das helicônias de largas folhas protetoras, até que possa, no termo da investida surda e angustiosa, contemplar e ouvir de perto, quase à orla do terreiro claro, os adversários inexpertos, e inscientes do civilizado sinistro que os espia e os conta e lhes observa as maneiras e lhes avalia os recursos — e volta depois do exame minucioso, levando aos companheiros, que o aguardam, todos os informes necessários à "conquista".

Conquista é o termo predileto, usado por uma espécie de reminiscência atávica das antiquíssimas algaras dos condutícios de Pizarro. Mas não a efetuam pelas armas sem esgotarem os efeitos da diplomacia rudimentar dos presentes mais apetecidos do selvagem. A um ouvimos certa vez o processo seguido: "*Se los atrae al tambo por medio de regalos: ropa, rifles, machetes, etc.; y sin hacerlos trabajar, se les deja que vayan al tolderio a decir a sus compañeros el como son tratados por los caucheros, que nos los obligan a trabajar, sino que les aconsejan que trabajen un poco y a voluntad, para pagar aquello que les dieron...*"

Estes meios pacíficos, porém, são em geral falíveis. A regra é a caçada impiedosa, à bala. É o lado heroico da empresa: um grupo inapreciável arrojando-se à montaria de uma multidão. Não se lhe pormenorizam os episódios. Subordina-se a uma tática invariável: a máxima rapidez do tiro e a máxima temeridade. São garantias certas do triunfo. É incalculável o número de minúsculas batalhas travadas naqueles sertões onde reduzidos grupos bem armados suplantam tribos inteiras, sacrificadas a um tempo pelas suas armas grosseiras e pela afoiteza no arremeterem com as descargas rolantes das carabinas.

Citemos um exemplo único. Quando Carlos Fitz-Carrald chegou em 1892 às cabeceiras do Madre de Diós, vindo do Ucaiali pelo varadouro aberto no istmo que lhe conserva o nome, procurou captar do melhor modo os *mashcos* indomáveis que as senhoreavam. Trazia entre os piros que conquistara um intérprete inteligente e leal. Conseguiu sem dificuldades ver e conservar o "curaca" selvagem.

A conferência foi rápida e curiosíssima. O notável explorador, depois de apresentar ao "infiel" os recursos que trazia e o seu pequeno exército, onde se misturavam as fisionomias díspares das tribos que subjugara, tentou demonstrar-lhe as vantagens da aliança que lhe oferecia contrapostas aos inconvenientes de uma luta desastrosa. Por única resposta o mashco perguntou-lhe pelas flechas que trazia. E Fitz-Carrald entregou-lhe, sorrindo, uma cápsula de Winchester. O selvagem examinou-a, longo tempo, absorto ante a pequenez do projetil. Procurou, debalde, ferir-se, roçando rijamente a bala contra o peito. Não o conseguindo, tomou uma de suas flechas; cravou-a, de golpe, no outro braço, varando-o. Sorriu, por sua vez, indiferente à dor, contemplando com orgulho o seu próprio sangue que esguichava... e sem dizer palavra deu as costas ao sertanista surpreendido, voltando para o seu *tolderío* com a ilusão de uma superioridade que a breve trecho seria inteiramente desfeita. De fato, meia hora depois, cerca de cem mashcos, inclusive o chefe recalcitrante e ingênuo, jaziam trucidados sobre a margem, cujo nome, Playa Mashcos, ainda hoje relembra este sanguinolento episódio...

Assim vai desbravando-se a região bravia. Varejadas as redondezas, mortos ou escravizados num raio de poucas léguas os aborígenes, os caucheiros agitam-se febrilmente na azáfama estonteadora. Em alguns meses ao lado do primitivo tambo multiplicam-se outros; a *casucha* solitária transmuda-se em amplo *barracón* ou *embarcadero* ruidoso; e adensam-se por vezes as vivendas em *caseríos*, a exemplo de Cocama e Curanja, à margem do Purus, a espelharem, repentinamente, no deserto, a miragem de um progresso que surge, se desenvolve e acaba num decênio. Os caucheiros ali estacionam até que caia o último pé de caucho. Chegam, destroem, vão-se embora. Nada pedem, em geral, à terra, à parte exíguas plantações de iúcas e bananas, a que se dedicam os índios domesticados. A única agricultura regular, embora diminuta, que se observa no Alto-Purus, para lá das últimas barracas dos nossos seringueiros, é a do algodão, dos campas aldeados, que até nisto delatam a independência nativa: colhendo, cardando, fiando, tecendo e pintando as cushmas de que se revestem, e descem-lhes dos ombros até aos pés, com o feitio de longas togas grosseiras. Assim, entre os estranhos civilizados que ali chegam de arrancada para ferir e matar o homem e a árvore, estacionando apenas o tempo necessário a que ambos se extingam, seguindo a outros rumos onde renovam as mesmas tropelias, passando como uma vaga devastadora e deixando ainda mais selvagem a própria selvageria — aqueles bárbaros singulares patenteiam o único aspeto tranquilo das culturas. O contraste é empolgante. Seguindo do povoado campa de Tingoleales para o sítio peruano de Shamboyaco, perto da foz do

Rio Manuel Urbano, o viajante não passa, como a princípio acredita, dos estádios mais primitivos aos mais elevados da evolução humana. Tem uma surpresa maior. Vai da barbaria franca a uma sorte de civilização caduca em que todos os estigmas daquela ressaltam, mais incisivos, dentre as próprias conquistas do progresso.

Aborda a estância peruana; e nas primeiras horas encanta-o o quadro de uma existência movimentada e ruidosa. A vivenda principal e as que se lhe subordinam, arruadas alguma vez à maneira de pequenas vilas, erigem-se sempre num ponto bem escolhido a cavaleiro do rio; e a despeito de se construírem exclusivamente com as folhas e estípites da paxiúba — que é a palmeira providencial da Amazônia — são em geral de dois andares e têm na elegância das linhas e nas varandas desafogadas, que as circuitam, uma aparência de todo contraposta ao aspeto tristonho dos chatos barracões dos nossos seringueiros.

No terreiro amplo, acabando na crista da barranca caindo em talude vivo sobre o rio, uma agitação animadora e álacre; carregadores possantes passando em longas filas sucessivas arcados sob as pranchas de caucho; administradores ativos rompendo das portas do andar térreo e correndo para toda a banda, para os armazéns refertos de conservas ou para as tendas fulgurantes, onde estridulam malhos e bigornas, reparando as achas e machetes.

Embaixo no *embarcadero*, coalhado das ubás velozes, onde as tanganas fisgam vivamente os ares, vozeia a algazarra dos práticos e proeiros, e espalmam-se nas águas as balsas feitas exclusivamente de caucho, formando-se sobre o "caminho que marcha" a "mercadoria que conduz os condutores". E em todo o correr da ladeira que dali serpeia até em cima, as saias vermelhas e os corpinhos brancos das cholas graciosas de Iquitos, passando e entrecruzando-se, num embandeiramento festivo...

O viajante atravessa os grupos agitados e as surpresas não cessam. Galga a escada que o leva à varanda da frente, para onde dão os principais repartimentos da vivenda. No alto o caucheiro — um triunfador jovial e desempenado sobre os rijos tacões das suas botas de mateiro — recebe-o ruidosamente, abrindo-lhe de par em par as portas numa hospitalidade espetaculosa e franca. E completa-se o encanto. Extinta a noção do tempo, ou do longo espaço de milhares de quilômetros gastos no sulcar os rios solitários para atingir aquela estância longínqua, o forasteiro insensivelmente se imagina em algum entreposto comercial de qualquer cidade da costa. Nada lhe falta ao engano: o longo balcão de pinho abarreirando a sala principal e cerrando o recinto, onde se aprumam as prateleiras atestadas de mercadorias; os empregados solícitos obedientes às ordens do guarda-livros corretíssimo, que o cumprimentou ao entrar e volveu logo à sua escrita, acurvado sobre a secretária inclinada; o copo de cerveja que lhe oferecem, ao invés da chicha tradicional; a folhinha artística a um lado, marcando o dia certo do ano;

os jornais de Manaus e de Lima; e até — o que é inverossímil — a tortura requintada e culta de um fonógrafo, gaguejando, emperradamente, naquele fundo de desertos, uma ária predileta de tenor famoso...

* * *

Mas toda esta exterioridade surpreendente desaparece ante uma observação, permitindo ao visitante ver o que lhe não mostra o seu garboso hospedeiro. A desilusão assalta-o então de chofre; e é impressionadora. Aquele reflexo de vida superior não vai além da escassa nesga de chão, de menos de um hectare, constrita entre a mata ameaçadora e próxima ao fundo, e a barranca despenhada rio adiante.

Fora deste falso cenário, o drama real que se desenrola é quase inconcebível para o nosso tempo.

Abaixo do caucheiro opulento, numa escala deplorável, do mestiço loretano que ali vai em busca da fortuna ao quíchua deprimido trazido das cordilheiras, há uma série indefinida de espoliados. Para vê-los tem-se que varar os obscuros recessos da mata sem caminhos e buscá-los nas *hurmas* solitárias, onde assistem completamente sós, acompanhados apenas do *rifle* inseparável, que lhes garante a existência com os recursos aleatórios das caçadas. Ali mourejam improficuamente longos anos; enfermam, devorados das moléstias; e extinguem-se no absoluto abandono. Quatrocentos homens às vezes, que ninguém vê, dispersos por aquelas quebradas, e mal aparecendo de longe em longe no castelo de palha do acalcanhado barão que os escraviza. O "conquistador" não os vigia. Sabe que lhe não fogem. Em roda, num raio de seis léguas, que é todo o seu domínio, a região, inçada de outros infiéis, é intransponível. O deserto é um feitor perpetuamente vigilante. Guarda-lhe a escravatura numerosa. Os mesmos campas altanados, que ele captou esgrimindo uma perfídia magistral contra a bravura ingênua do bárbaro, não o deixam mais, temendo os próprios irmãos bravios, que nunca lhes perdoam a submissão transitória.

Desta sorte o aventureiro feliz que dois anos antes, em Lima ou Arequipa, exercitava o trato mais gentil — sente-se inteiramente livre da pressão e dos infinitos corretivos da vida social, e adquirindo a consciência do mando ilimitado, ao mesmo tempo que o invade o sentimento da impunidade para todos os caprichos e delitos, cai, de um salto, numa selvageria originalíssima, em que entra sem ter tempo de perder os atributos superiores do meio onde nasceu.

Realmente, o caucheiro não é apenas um tipo inédito na História. É, sobretudo, antinômico e paradoxal. No mais pormenorizado quadro etnográfico não há um lugar para ele. A princípio figura-se-nos um caso vulgar de civilizado que se barbariza, num recuo espantoso em que se lhe apagam os caracteres superiores nas formas primitivas da atividade.

E é um engano. Estes estádios contrapostos ele não os combina criando uma atividade híbrida embora, mas definida e estável. Junta-os apenas sem os caldear. É um caso de mimetismo psíquico de homem que se finge bárbaro para vencer o bárbaro. É *caballero* e selvagem, consoante as circunstâncias. O dualismo curioso de quem procura manter intactos os melhores ensinamentos morais ao lado de uma moral fundada especialmente para o deserto — reponta em todos os atos da sua existência revolta. O mesmo homem que com invejável retitude esforça-se por satisfazer os seus compromissos, que às vezes sobem a milhares de contos, com os exportadores de Iquitos ou Manaus, não vacila em iludir o *peón* miserável que o serve, em alguns quilos de sernambi ordinário; ou passa por vezes da mais refinada galanteria à máxima brutalidade, deixando em meio um sorriso cativante e uma mesura impecável, para saltar com um rugido, de *cuchillo* rebrilhante em punho, sobre o cholo desobediente que o afronta.

A selvageria é uma máscara que ele põe e retira à vontade.

Não há ajustá-la ao molde incomparável dos nossos bandeirantes. Antônio Raposo, por exemplo, tem um destaque admirável entre todos os conquistadores sul-americanos. O seu heroísmo é brutal, maciço, sem frinchas, sem dobras, sem disfarces. Avança ininteligentemente, mecanicamente, inflexivelmente, como uma força natural desencadeada. A diagonal de mil e quinhentas léguas que traçou de São Paulo até ao Pacífico, cortando toda a América do Sul, por cima de rios, de chapadões, de pantanais, de corixas estagnadas, de desertos, de cordilheiras, de páramos nevados e de litorais aspérrimos, entre o espanto e as ruínas de cem tribos suplantadas, é um lance apavorante, de epopeia. Mas sente-se bem naquela ousadia individual a concentração maravilhosa de todas as ousadias de uma época.

O bandeirante foi brutal, inexorável, mas lógico.

Foi o super-homem do deserto.

O caucheiro é irritantemente absurdo na sua brutalidade elegante, na sua galanteria sanguinolenta e no seu heroísmo à gandaia. É o homúnculo da civilização.

Mas compreende-se esta antilogia. O aventureiro ali vai com a preocupação exclusiva de enriquecer e voltar; voltar quanto antes, fugindo àquela terra melancólica e empantanada que parece não ter solidez para aguentar o próprio peso material de uma sociedade. Acompanha-o, em todas as conjunturas da sua atividade nervosa e precipitada, o espetáculo das cidades vastas, onde brilhará um dia, transformando em esterlinos o *oro negro* do caucho. Dominado de todo pela nostalgia incurável da paragem nativa, que ele deixou precisamente para a rever apercebido de recursos que lhe facultem maiores somas de felicidades — atira-se às florestas: enterreira e subjuga os selvagens; resiste ao impaludismo e às fadigas; agita-se, adoidadamente, durante quatro, cinco, seis anos; acumula algumas centenas de milhares de soles e desaparece, de repente...

Surge em Paris. Atravessa em pleno esplendor dos teatros ruidosos e dos salões, seis meses de vida delirante, sem que lhe descubram, destoando da correção impecável das vestes e das maneiras, o mais leve resquício do nomadismo profissional. Arruína-se galhardamente; e volta... Reata a faina antiga: novos quatro ou seis anos de trabalhos forçados; nova fortuna prestes adquirida; novo salto sobre o oceano; e quase sempre novo volver ansioso em busca da fortuna perdidiça, numa oscilação estupenda das avenidas fulgurantes para as florestas solitárias.

A este propósito correm as mais curiosas versões, em que se destacam famosos caucheiros conhecidíssimos em Manaus.

Neste viver oscilante ele dá a tudo quanto pratica, na terra que devasta e desama, um caráter provisório — desde a casa que constrói em dez dias para durar cinco anos, às mais afetuosas ligações que às vezes duram anos e ele destrói num dia. Neste ponto, sobretudo, desenha-se-lhe a inconstância irrivalizável. Um deles, como lhe perguntássemos, em Curanja, onde desposara a amauaca gentilíssima que lhe assistia há dez anos com os desvelos de uma esposa exemplar, retorquiu-nos, levemente irônico:

— *Me han hecho regalo em Pachitéa.*

Um regalo, um presente, um traste que ele abandonaria à primeira eventualidade, sem cuidados.

Reportado negociante daquele vilarejo decaído, que em Lima ou Iquitos seria um belo molde de burguês pacífico e abstêmio, *ali hambriento de mujeres*, apresenta aos amigos e ao forasteiro adventício o seu harém escandaloso, onde se estremam a interessante Mercedes, de *ojillos de venado*, que custou uma batalha contra os coronauas, e a encantadora Facunda de grandes olhos selvagens e cismadores, que lhe custou cem soles. E narra o tráfico criminoso, a rir, absolutamente impune, e sem temores.

Não há leis. Cada um traz o Código Penal no *rifle* que sobraça, e exercita a justiça a seu alvedrio, sem que o chamem a contas. Num dia, de julho de 1905, quando chegava ao último puesto caucheiro do Purus uma comissão mista de reconhecimento, todos os que a compunham, brasileiros e peruanos, viram um corpo desnudo e atrozmente mutilado, lançado à margem esquerda do rio, num claro entre as frecheiras. Era o cadáver de uma amauaca. Fora morta por vingança, explicou-se vagamente depois. E não se tratou mais do incidente — coisa de nonada e trivialíssima na paragem revolvida pelas gentes que a atravessam e não povoam, e passam deixando-a ainda mais triste com os escombros das estâncias abandonadas...

* * *

Estas lá estão em todas as voltas do Alto-Purus, aparecendo, entristecedoras, sob os vários aspectos que vão das *hurmas* humildes dos peões às vivendas outrora senhoris dos caucheiros.

Pouco acima do Shamboyaco, uma, sobre todas, nos impressionou, quando descíamos. Fora um posto de primeira ordem. Saltamos para o examinar; e vingando a custo a barranca malgradada, descobrindo em cima o velho caminho invadido de vassouras bravas, chegamos ao terreiro onde o matagal inextricável ia peneirando e cobrindo os acervos de vasilhas velhas, farragens repugnantes, restos de ferramentas, e ciscalhos em montes deixados pelos prófugos habitantes. A casa principal, defronte, meio estruída, tetos abatidos, paredes encombentes e a tombarem despegando-se dos esteios desaprumados, figurava-se sustida apenas pelas lianas que lhe irrompiam de todos os pontos, furando-lhe a cobertura, enleando-se-lhe nas vigas vacilantes, amarrando-lhas, e estirando-se à feição de cabos até as árvores mais próximas, onde se enlaçavam impedindo-lhe o desabamento completo; e as vivendas menores, anexas, cobertas de trepadeiras exuberando floração ridente, apagavam-se, desaparecendo a pouco e pouco na constrição irresistível da mata que reconquistava o seu terreno primitivo.

Mal atentamos, porém, no magnífico lance regenerador, da flora, juncando de corolas e festões garridos aquela ruinaria deplorável. Não estava inteiramente desabitada a tapera.

Num dos casebres mais conservados aguardava-nos o último habitante. Piro, amauaca ou campa, não se lhe distinguia a origem. Os próprios traços da espécie humana, transmudava-lhos a aparência repulsiva: um tronco desconforme, inchado pelo impaludismo, tomando-lhe a figura toda, em pleno contraste com os braços finos e as pernas esmirradas e tolhiças como as de um feto monstruoso.

Acocorado a um canto, contemplava-nos impassível. Tinha a um lado todos os seus haveres: um cacho de bananas verdes.

Esta coisa indefinível — que por analogia cruel sugerida pelas circunstâncias se nos figurou menos um homem que uma bola de caucho ali jogada a esmo, esquecida pelos extratores — respondeu-nos às perguntas num regougo quase extinto e numa língua de todo incompreensível. Por fim, com enorme esforço levantou um braço; estirou-o, lento, para a frente, como a indicar alguma coisa que houvesse seguido para muito longe, para além de todos aqueles matos e rios; e balbuciou, deixando-o cair pesadamente, como se tivesse erguido um grande peso:

— "Amigos". Compreendia-se: amigos, companheiros, sócios dos dias agitados das safras, que tinham partido para aquelas bandas, abandonando-o ali, na solidão absoluta.

Das palavras castelhanas que aprendera restava-lhe aquela única; e o desventurado murmurando-a com um tocante gesto de saudade, fulminava sem o saber — com um sarcasmo pungentíssimo — os desmandados aventureiros que àquela hora prosseguiam na faina devastadora: abrindo a tiros de carabinas e a golpes de machetes novas veredas a seus itinerários revoltos, e desvendando outras paragens ignoradas, onde deixariam, como ali haviam deixado, no desabamento dos casebres ou na figura lastimável do aborígene sacrificado, os únicos frutos de suas lides tumultuárias, de construtores de ruínas...

Judas-Ahsverus

No sábado da Aleluia os seringueiros do Alto-Purus desforram-se de seus dias tristes. É um desafogo. Ante a concepção rudimentar da vida santificam-se-lhes, nesse dia, todas as maldades. Acreditam numa sanção litúrgica aos máximos deslizes.

Nas alturas, o Homem-Deus, sob o encanto da vinda do filho ressurreto e despeado das insídias humanas, sorri, complacentemente, à alegria feroz que arrebenta cá embaixo. E os seringueiros vingam-se, ruidosamente, dos seus dias tristes.

Não tiveram missas solenes, nem procissões luxuosas, nem lava-pés tocantes, nem prédicas comovidas. Toda a Semana Santa correu-lhes na mesmice torturante daquela existência imóvel, feita de idênticos dias de penúrias, de meios-jejuns permanentes, de tristezas e de pesares, que lhes parecem uma interminável Sexta-Feira da Paixão, a estirar-se, angustiosamente, indefinida, pelo ano todo afora.

Alguns recordam que nas paragens nativas, durante aquela quadra fúnebre, se retraem todas as atividades — despovoando-se as ruas, paralisando-se os negócios, ermando-se os caminhos — e que as luzes agonizam nos círios bruxuleantes, e as vozes se amortecem nas rezas e nos retiros, caindo um grande silêncio misterioso sobre as cidades, as vilas e os sertões profundos onde as gentes entristecidas se associam à mágoa prodigiosa de Deus. E consideram, absortos, que esses sete dias excepcionais, passageiros em toda a parte e em toda a parte adrede estabelecidos a maior realce de outros dias mais numerosos, de felicidade — lhes são, ali, a existência inteira, monótona, obscura, dolorosíssima e anônima, a girar acabrunhadoramente na via dolorosa inalterável, sem princípio e sem fim, do círculo fechado das "estradas". Então pelas almas simples entra-lhes, obscurecendo as miragens mais deslumbrantes da fé, a sombra espessa de um conceito singularmente pessimista da vida: certo, o Redentor universal não os redimiu; esqueceu-os para sempre, ou não os viu talvez, tão relegados se acham

47

à borda do rio solitário, que no próprio volver das suas águas é o primeiro a fugir, eternamente, àqueles tristes e desfrequentados rincões.

Mas não se rebelam, ou blasfemam. O seringueiro rude, ao revés do italiano artista, não abusa da bondade de seu deus desmandando-se em convícios. É mais forte; é mais digno. Resignou-se à desdita. Não murmura. Não reza. As preces ansiosas sobem por vezes ao céu, levando disfarçadamente o travo de um ressentimento contra a divindade; e ele não se queixa. Tem a noção prática, tangível, sem raciocínios, sem diluições metafísicas, maciça e inexorável — um grande peso a esmagar-lhe inteiramente a vida — da fatalidade; e submete-se a ela sem subterfugir na cobardia de um pedido, com os joelhos dobrados. Seria um esforço inútil. Domina-lhe o critério rudimentar uma convicção talvez demasiado objetiva, ou ingênua, mas irredutível, a entrar-lhe a todo o instante pelos olhos adentro, assombrando-o: é um excomungado pela própria distância que o afasta dos homens; e os grandes olhos de Deus não podem descer até àqueles brejais, manchando-se. Não lhe vale a pena penitenciar-se, o que é um meio cauteloso de rebelar-se, reclamando uma promoção na escala indefinida da bem-aventurança. Há concorrentes mais felizes, mais bem protegidos, numerosos, e, o que se lhe figura mais eficaz, mais vistos, nas capelas, nas igrejas, nas catedrais, e nas cidades ricas onde se estadeia o fausto do sofrimento uniformizado de preto, ou fulgindo na irradiação das lágrimas, e galhardeando tristezas...

Ali — é seguir, impassível e mudo, estoicamente, no grande isolamento da sua desventura.

Além disto, só lhe é lícito punir-se da ambição maldita que o conduziu àqueles lugares para entregá-lo, maniatado e escravo, aos traficantes impunes que o iludem — e este pecado é o seu próprio castigo, transmudando-lhe a vida numa interminável penitência. O que lhe resta a fazer é desvendá-la e arrancá-la da penumbra das matas, mostrando-a, nuamente, na sua forma apavorante, à humanidade longínqua...

Ora, para isso, a Igreja dá-lhe um emissário sinistro: Judas; e um único dia feliz: o sábado prefixo aos mais santos atentados, às balbúrdias confessáveis, à turbulência mística dos eleitos e à divinização da vingança.

Mas o mostrengo de palha, trivialíssimo, de todos os lugares e de todos os tempos, não lhe basta à missão complexa e grave. Vem batido demais pelos séculos em fora, tão pisoado, tão decaído e tão apedrejado que se tornou vulgar na sua infinita miséria, monopolizando o ódio universal e apequenando-se, mais e mais, diante de tantos que o malquerem.

Faz-se-lhe mister, ao menos, acentuar-lhe as linhas mais vivas e cruéis; e mascarar-lhe no rosto de pano, a laivos de carvão, uma tortura tão trágica, e em tanta maneira próxima da realidade, que o eterno condenado pareça ressuscitar ao mesmo tempo que a sua divina vítima, de modo a desafiar uma repulsa mais espontânea e um mais compreensível revide, satisfazendo à saciedade as almas ressentidas dos crentes, com a imagem tanto possível perfeita da sua miséria e das suas agonias terríveis.

E o seringueiro abalança-se a esse prodígio de estatuária, auxiliado pelos filhos pequeninos, que deliram, ruidosos, em risadas, a correrem por toda a banda, em busca das palhas esparsas e da farragem repulsiva de velhas roupas imprestáveis, encantados com a tarefa funambulesca, que lhes quebra tão de golpe a monotonia tristonha de uma existência invariável e quieta.

O judas faz-se como se fez sempre: um par de calças e uma camisa velha, grosseiramente cosidos, cheios de palhiças e mulambos; braços horizontais, abertos, e pernas em ângulo, sem juntas, sem relevos, sem dobras, aprumando-se, espantadamente, empalado, no centro do terreiro. Por cima uma bola desgraciosa representando a cabeça. É o manequim vulgar, que surge em toda a parte e satisfaz à maioria das gentes. Não basta ao seringueiro. É-lhe apenas o bloco de onde vai tirar a estátua, que é a sua obra-prima, a criação espantosa do seu gênio rude longamente trabalhado de reveses; onde outros talvez distingam traços admiráveis de uma ironia sutilíssima, mas que é para ele apenas a expressão concreta de uma realidade dolorosa.

E principia, às voltas com a figura disforme: salienta-lhe e afeiçoa-lhe o nariz; reprofunda-lhe as órbitas; esbate-lhe a fronte; acentua-lhe os zigomas; e aguça-lhe o queixo, numa massagem cuidadosa e lenta; pinta-lhe as sobrancelhas, e abre-lhe com dois riscos demorados, pacientemente, os olhos, em geral tristes e cheios de um olhar misterioso; desenha-lhe a boca, sombreada de um bigode ralo, de guias decaídas aos cantos. Veste-lhe, depois, umas calças e uma camisa de algodão, ainda servíveis; calça-lhe umas botas velhas, cambadas...

Recua meia-dúzia de passos. Contempla-a durante alguns minutos. Estuda-a.

Em torno a filharada, silenciosa agora, queda-se expectante, assistindo ao desdobrar da concepção, que a maravilha.

Volve ao seu homúnculo: retoca-lhe uma pálpebra; aviva um ricto expressivo na arqueadura do lábio; sombreia-lhe um pouco mais o rosto, cavando-o; ajeita-lhe melhor a cabeça; arqueia-lhe os braços; repuxa e reifica-lhe as vestes...

Novo recuo, compassado, lento, remirando-o, para apanhar de um lance, numa vista de conjunto, a impressão exata, a síntese de todas aquelas linhas; e renovar a faina com uma pertinácia e uma tortura de artista incontentável. Novos retoques, mais delicados, mais cuidadosos, mais sérios: um tenuíssimo esbatido de sombra, um traço quase imperceptível na boca refegada, uma torção insignificante no pescoço engravatado de trapos...

E o monstro, lento e lento, num transfigurar-se insensível, vai-se tornando em homem. Pelo menos a ilusão é empolgante...

Repentinamente o bronco estatuário tem um gesto mais comovedor do que o *parla* ansiosíssimo, de Miguel Ângelo: arranca o seu próprio sombreiro; atira-o à cabeça do Judas; e os filhinhos todos recuam, num grito, vendo retratar-se na figura desengonçada e sinistra o vulto do seu próprio pai. É um doloroso triunfo. O sertanejo esculpiu o maldito à sua imagem. Vinga-se de si mesmo: pune-se, afinal, da ambição maldita que o levou àquela terra; e desafronta-se da fraqueza moral que lhe parte os ímpetos da rebeldia recalcando-o cada vez mais ao plano inferior da vida decaída onde a credulidade infantil o jungiu, escravo, à gleba empantanada dos traficantes, que o iludiram.

Isto, porém, não lhe satisfaz. A imagem material da sua desdita não deve permanecer inútil num exíguo terreiro de barraca, afogada na espessura impenetrável, que furta o quadro de suas mágoas, perpetuamente anônimas, aos próprios olhos de Deus. O rio que lhe passa à porta é uma estrada para toda a Terra. Que a Terra toda contemple o seu infortúnio, o seu exaspero cruciante, a sua desvalia, o seu aniquilamento iníquo, exteriorizados, golpeantemente, e propalados por um estranho e mudo pregoeiro...

Embaixo, adrede construída desde a véspera, vê-se uma jangada de quatro paus boiantes, rijamente travejados. Aguarda o viajante macabro. Condu-lo, prestes, para lá, arrastando-o em descida, pelo viés dos barrancos avergoados de enxurros.

A breve trecho a figura demoníaca apruma-se, especada, à popa da embarcação ligeira.

Faz-lhe os últimos reparos: arranja-lhe ainda uma vez as vestes; arruma-lhe às costas um saco cheio de ciscalhos e pedras; mete-lhe à cintura alguma inútil pistola enferrujada, sem fechos, ou um caxerenguengue gasto; e fazendo-lhe curiosas recomendações, ou dando-lhe os mais singulares conselhos, impele, ao cabo, a jangada fantástica para o fio da corrente.

* * *

E Judas feito Ahsverus vai avançando vagarosamente para o meio do rio. Então os vizinhos mais próximos, que se adensam, curiosos, no alto das barrancas, intervêm ruidosamente, saudando com repetidas descargas de *rifles* aquele bota-fora. As balas chofram a superfície líquida, eriçando-a; cravam-se na embarcação, lascando-a; atingem o tripulante espantoso; trespassam-no. Ele vacila um momento no seu pedestal flutuante, fustigado a tiros, indeciso, como a esmar um rumo, durante alguns minutos, até se reaviar no sentido geral da correnteza. E a figura desgraciosa, trágica, arrepiadoramente burlesca, com os seus gestos desmanchados, de demônio e truão, desafiando maldições e risadas, lá se vai na lúgubre viagem sem destino e sem-fim, a descer, a descer sempre, desequilibradamente, aos rodopios, tonteando em todas as voltas, à mercê das correntezas, "de bubuia" sobre as grandes águas.

Não para mais. À medida que avança, o espantalho errante vai espalhando em roda a desolação e o terror: as aves, retransidas de medo, acolhem-se, mudas, ao recesso das frondes; os pesados anfíbios mergulham, cautos, nas profunduras, espavoridos por aquela sombra que ao cair das tardes e ao subir das manhãs se desata estirando-se, lutuosamente, pela superfície do rio; os homens correm às armas e numa fúria recortada de espantos, fazendo o "pelo sinal" e aperrando os gatilhos, alvejam-no desapiedadamente.

Não defronta a mais pobre barraca sem receber uma descarga rolante e um apedrejamento. As balas esfuziam-lhe em torno; varam-no; as águas, zimbradas pelas pedras, encrespam-se em círculos ondeantes; a jangada balança; e, acompanhando-lhe os movimentos, agitam-se-lhe os braços e ele parece agradecer em canhestras mesuras as manifestações rancorosas em que tempesteiam tiros, e gritos, sarcasmos pungentes e esconjuros e sobretudo maldições que revivem, na palavra descansada dos matutos, este eco de um anátema vibrando há vinte séculos:

— Caminha, desgraçado!

Caminha. Não para. Afasta-se no volver das águas. Livra-se dos perseguidores. Desliza, em silêncio, por um estirão retilíneo e longo; contorneia a arqueadura suavíssima de uma praia deserta. De súbito, no vencer uma volta, outra habitação: mulheres e crianças, que ele surpreende à beira do rio, a subirem, desabaladamente, pela barranca acima, desandando em prantos e clamores. E logo depois, do alto, o espingardeamento, as pedradas, os convícios, os remoques.

Dois ou três minutos de alaridos e tumulto, até que o judeu errante se forre ao alcance máximo da trajetória dos *rifles*, descendo...

E vai descendo, descendo... Por fim não segue mais isolado. Aliam-se-lhe na estrada dolorosa outros sócios de infortúnio; outros aleijões apavorantes sobre as mesmas jangadas diminutas entregues ao acaso das correntes, surgindo de todos os lados, varios no aspeto e nos gestos: ora muito rijos, amarrados aos postes que os sustentam; ora em desengonços, desequilibrando-se aos menores balanços, atrapalhadamente, como ébrios; ou fatídicos, braços alçados, ameaçadores, amaldiçoando; outros humílimos, acurvados num acabrunhamento profundo; e por vezes, mais deploráveis, os que se divisam à ponta de uma corda amarrada no extremo do mastro esguio e recurvo, a balouçarem, enforcados...

Passam todos aos pares, ou em filas, descendo, descendo vagarosamente... Às vezes o rio alarga-se num imenso círculo; remansa-se; a sua corrente torce-se e vai em giros muito lentos perlongando as margens, traçando a espiral amplíssima de um redemoinho imperceptível e traiçoeiro. Os fantasmas vagabundos penetram nestes amplos recintos de águas mortas, rebalsadas; e estacam por momentos. Ajuntam-se. Rodeiam-se em lentas e silenciosas revistas. Misturam-se. Cruzam então pela primeira vez os olhares imóveis e falsos de seus olhos fingidos; e baralham-se-lhes numa agitação revolta os gestos paralisados e as estaturas rígidas. Há a ilusão de um estupendo tumulto sem ruídos e de um estranho conciliábulo, agitadíssimo, travando-se em segredos, num abafamento de vozes inaudíveis. Depois, a pouco e pouco, debandam. Afastam-se; dispersam-se. E acompanhando a correnteza, que se retifica na última espira dos remansos — lá se vão, em filas, um a um, vagarosamente, processionalmente, rio abaixo descendo...

"Brasileiros"

O Peru tem duas histórias fundamentalmente distintas. Uma, a do comum dos livros, teatral e ruidosa, reduz-se ao romance rocambolesco dos marechais instantâneos dos pronunciamentos. A outra é obscura e fecunda. Desdobra-se no deserto. É mais comovente; é mais grave; é mais ampla. Prolonga, noutros cenários, as tradições gloriosas das lutas da Independência; e veio até aos nossos dias tão impartível e sem hiatos, apesar de seus aspetos variáveis, que pode acapitular-se sob o título único, geralmente adotado pelos melhores publicistas daquela República: *El Problema del Oriente.*

A designação é perfeita. Trata-se de assunto rigorosamente positivo a resolver.

Ao peruano não lho impuseram maciços argumentos de sociólogos ou a intuição feliz de um estadista, senão o próprio empuxo material do meio. Constrangida numa fita de terrenos adustos entre as cordilheiras e o mar, onde acampara durante três séculos iludida pelo fausto dos "conquistadores" e dos vice-reis, a nacionalidade, maior herdeira das virtudes e dos vícios por igual notáveis da Espanha cavalheiresca e decaída do século XVII, compreendeu afinal, pelo simples instinto da defesa, a necessidade imperiosa de abandonar a clausura isolante que a sequestrava de todo o resto da Terra.

E começou a transmontar os Andes...

Fora longo recontar a sua hégira para o levante, nas investidas sucessivas por cinco penosíssimas estradas desesperadoramente retorcidas no boleado das serras, empinando-se em ladeiras altas de milhares de metros, e unindo os portos do litoral entre Mollendo e Paita às paragens apetecidas da *montaña* na extrema orla amazônica expandida do pongo de Manseriche às urmanas acachoantes do Urubamba.

Baste-nos notar que depois de transposta a última cordilheira do Oriente e atingida a bacia do Ucaiali, pôs-se de manifesto aos seus mais incuriosos pioneiros, a par da exuberância do vale maravilhoso capaz de regenerar-lhes a nacionalidade exausta, uma anomalia física oriunda dos relevos orográficos ali predominantes: a melhor porção do país entre os que mais se afiguram ribeirinhos do Pacífico tem como único e verdadeiro mar, capaz de consorciá-la pelo intercâmbio comercial à civilização longínqua, o Atlântico, que se lhe prende graças aos três longos sulcos desimpedidos do Purus, do Juruá e do Ucaiali.

Nenhum milagre de engenharia lhos substituirá com vantagem. A linha férrea de Oroya e as que se lhe emparelham nas ousadias do traçado — tornejando escarpas a pique, enfiando em túneis afogados nas nuvens, e correndo em viadutos alcandorados nos abismos — não criarão sistemas de comunicações mais práticas e seguras.

As suas condições técnicas excepcionais, industrialmente desastrosas, tornam-nas para sempre impropriadas a transportarem, sem fretes excessivos, os produtos do Oriente, ainda quando a abertura do Canal de Panamá dispense, mais tarde, a longa travessia contorneante do Cabo Horn.

Assim, a saída para o Atlântico, pelo Amazonas e seus tributários de sudoeste, se tornou a primeira solução claríssima do problema. E nas paragens novas, erigidas administrativamente no atual Departamento de Loreto, começou para logo um intensivo trabalho de domínio, que persiste, crescente, em nossos dias.

Abriram-se caminhos demandando a opulenta zona fluvial; planearam-se, a despeito de sucessivos malogros, colônias militares e agrícolas, reatou-se, na revivescência das missões apostólicas, a tradição admirável dos jesuítas de Maynas; engenhou-se uma vasta regulamentação de terras; construiu-se o porto de Iquitos, e, para aviventar-se o povoamento, aboliram-se todos os impostos, agindo o homem aforradamente na terra feracíssima. Ao mesmo tempo as expedições geográficas, iniciadas em 1834 por P. Beltran e W. Smith, em que tanto se ilustraram depois F. de Castelnau, Faustino Maldonado, A. Raimondi, John Tucker e hoje G. Stiglich, rumaram a todos os quadrantes, ininterruptas e pertinazes, na tarefa complexa que era uma espécie de levantamento expedito de uma nova pátria.

Aos caudilhos irrequietos contrapuseram-se os exploradores tranquilos. No litoral revolto pelas sedições e guerrilhas sistematizava-se a incapacidade crônica dos governos revolucionários, e, derrancados os melhores estímulos da recente campanha pela liberdade, os bravos salteadores do poder desmandavam-se num militarismo pernicioso que ali, como em toda parte, era a fraqueza irritável da nação enferma. Nos desertos floridos da *montaña* ao arrepio ou à feição dos rios ignorados, remoinhando nos giros estonteantes das "muyunas", canoas despedidas, de frecha, nas correntadas céleres dos pongos, ou embatendo nas travancas abruptas das cachoeiras — os geógrafos, os prefeitos e os missionários demarcavam novos cenários à pátria regenerada e, apurando em tirocínio de perigos os mais nobres atributos da sua raça, reconstruíram o caráter nacional que se abatera, e davam àqueles rumos, secamente definidos por traçados geométricos, um prolongamento inesperado na História.

Porque o problema do Oriente, afinal, incluía nas suas numerosas incógnitas os destinos do Peru inteiro. Reconheciam-no os próprios caudilhos esmaniados. Não raro no estavanado e vacilante de seus atos, entre dois fuzilamentos ou entre dois combates, acertavam de considerar por momentos as paragens insistentemente aneladas, e muitos deles, de golpe, transfiguravam-se patenteando lúcidos descortinos de estadistas.

A este propósito poderiam citar-se numerosos casos delatadores da política bifronte, do mesmo passo reconstituinte e demolidora, que com o rigorismo de um decalque retrata na ordem moral do Peru o contraste físico entre o ocidente obscurecido, onde as energias se quebrantam malignadas pela histeria emocional epidêmica dos pronunciamentos — e o levante resplandecente, onde alvorecem as esperanças renascidas.

* * *

Aponte-se um exemplo.

Em 1841 a República estava a pique das maiores catástrofes. Imperava D. Agustín Gamarra. Aquele zambo cesariano refletia nos atos tumultuários os desequilíbrios de seu temperamento instável, de mestiço, ferrotoado dos temores e das impaciências de um prestígio improvisado, à ventura, nos sobressaltos das guerrilhas.

O seu governo — governo de quem inaugurou no Peru o regime das deposições apeando o virtuoso La Mar — foi naturalmente agitadíssimo. O restaurador imposto pelas armas dos chilenos, de Bulnes, sobre os destroços da efêmera confederação peruviano-boliviana, assediado pelas ambições contrariadas, pelas exigências dos condutícios incontentáveis e pelas ameaças dos conspiradores recidivos, tonteava na vertigem daquela eminência, onde chegara desprendendo-se da parceria dos cholos e pisoando todos os melindres aristocráticos da terra que sobre todas herdara a sobranceria tradicional da Espanha. Nas conjunturas prementes dependeu-lhe, por vezes, a fortuna, até do gesto de uma mulher — a sua própria esposa, amazona gentilmente heróica, que não raro travando de uma espada e precipitando-se, à espora feita, a cavalo, pelo campo das manobras ou no mais aceso dos combates, ia eletrizar com a presença encantadora os coronéis embevecidos e os regimentos vacilantes...

Assim não se poderiam exigir à vida em tanta maneira perturbada e romântica, daquele presidente, ponderosas medidas administrativas. Acompanhamo-la apenas com o interesse artístico de quem segue a urdidura de imaginosa novela sulcada de episódios alarmantes, ou dramáticos, até

desfechar no sacrifício, inútil e glorioso, do protagonista, sucumbindo sob uma carga furiosa dos lanceiros bolivianos nas esplanadas de Viacho...
Mas no volver de uma das páginas salteia-nos esta surpresa: *"El ciudadano Agustín Gamarra — Gran mariscal restaurador del Perú, benemérito a la patria in grado heroico y eminente, etc.*

"Considerando que para promover la navigación por vapor en el rio de Amazonas y sus confluentes és necesario proporcionar facilidades y ventagens que indemnicen a los empresarios...

"Decreta: 1º Se concede al ciudadano brasileiro D. Antonio Marcelino Pereira Ribeiro el privilegio exclusivo de navegar por buques de vapor en el rio Amazonas, en la parte que corresponde al Perú e todos sus afluentes.

"... 3º Los buques de vapor levarón el pabellón brasileiro...

"Dada en la casa de Gobierno de Lima a 6 de Julio de 1841."

Este decreto, extratado nos trechos principais, inculca ao mesmo tempo o caudilho, no recacho presuntuoso que lhe emprestam aqueles adjetivos e substantivos constrangidos a escoltarem-lhe o nome, e o governante, que primeiro traçou aos seus patrícios a marcha regeneradora para o Oriente. Mas não o reproduzimos apenas para realce dos aspetos contrariantes da História Peruana; senão também para destacar aquela figura de brasileiro, que seria inexpressiva se não constituísse o primeiro termo de uma série de compatriotas obscuros, erradios dos nossos fastos e elegendo-se por atos memoráveis entre os melhores servidores da nação vizinha.

De fato, à medida que se rastreia a marcha peruana para o levante, exposta em todos os seus pormenores, miudeada em regulamentos, em decretos, em circulares e em ofícios — porque é a suprema preocupação política, militar e administrativa do Peru — observa-se nas referências obrigatórias e incisivas ao elemento brasileiro o intercurso de uma outra avançada obscura, mas vigorosa, e contrapondo-se-lhe numa expansão tão enérgica, para o ocidente, que com os seus efeitos a despontarem de longe em longe, precisamente nos períodos mais decisivos da primeira, se restauraria todo um capítulo da nossa História, que se perdeu ou se fracionou despercebido à visão embotada dos cronistas, para ressurgir agora, esparso em fragmentos surpreendentes, nas entrelinhas da História de outro povo.

É o que demonstram outros casos, entre nós inéditos. Apontemo-los de relance.

* * *

No período abrangido pelos governos do austero marechal Castilla, as explorações prosseguiram. Castelnau desceu das cabeceiras do Urubamba às ribas do Amazonas; Maldonado imortalizou-se descobrindo, numa excursão temerária, a nova estrada para o Atlântico ajustada ao sulco desmedido do Madre de Diós; e Raimondi desvendou os tesouros da mesopotâmia de 16.000 léguas quadradas de terras exuberantes, interferidas pelos cursos do Huallaga e do Ucaiali.

Por fim Montferrir calculou, rigorosamente, as riquezas da Canaã vastíssima: 50.000.000 de hectares, valendo o mínimo de meio bilhão de pesos. A aritmética tornava-se quase lírica nesta dilatação de números maravilhosos. As medidas governamentais do grande marechal tiveram para logo o alento dos mais enérgicos estímulos patrióticos, a par do anseio de fortuna dos mais desassombrados aventureiros.

Os peruanos, iludidos durante largo tempo no litoral estéril, viam pela primeira vez o novo mundo. E a conquista da terra, numa de suas fases mais agudas, desenrolou-se em toda a plenitude.

Então, contravindo a tantas esperanças sob o amparo das mais lúcidas resoluções governativas — leis, regulamentos e decretos enfeixando-se num volumoso compêndio de administração fecunda e militante — principiou uma fase desalentadora de brilhantes tentativas abortícias.

As colônias planeadas, e para logo erigidas, espelhavam por algum tempo naqueles rincões solitários a fantasmagoria de um progresso artificial; e extinguiam-se prestes. Já em 1854 o governador de Loreto, *pueblo* obscuro cujo nome irradia hoje abrangendo aqueles lugares, ao informar do estado de duas colonizações sucessivas que ali se estabeleceram, centralizadas em Caballo-Cocha, próximas à fronteira do Brasil, indicava-as completamente extintas. E idênticos malogros generalizavam-se por toda a banda.

Eram naturais. As vagas humanas nas paragens virgens não se aquietam de súbito. Caracteriza-as nos primeiros estádios a instabilidade inevitável imposta pela própria força viva adquirida no movimento da marcha. Precedendo ao equilíbrio das culturas, surge a pesquisa dos frutos ou das riquezas imediatas, como a permitir aos recém-vindos, na vida errante das colheitas, dos garimpos, dos pastoreios ou das caçadas, um reconhecimento imprescindível do seu novo *habitat*, antes da escolha de uma situação de descanso.

É a eterna função social do nomadismo, que mesmo no Peru já se manifestara na azáfama devastadora dos *cascarileros*, desvendando as paragens ignotas que vão dos cerros de Carabaya às vertentes mais afastadas do Beni. Este incentivo, porém, ali, estava extinto.

Por aquele tempo, uma tenaz explorador, Marckam, comissionado pelo governo inglês, andava nas regiões da quina calisaya; e conseguira transplantar tão prontamente para as Índias aquele elemento da fortuna peruana que, já em 1862, mais de quatro milhões de árvores, em Darjeenling, com a produção extraordinária de 370 toneladas de quinino, iniciavam uma concorrência triunfante no primeiro assalto. Deste modo, as paragens tão ansiosamente apetecidas mostravam-se, ante os novos povoadores, desnudas desses recursos que em toda a parte se figuram adrede predispostos a que não se desenfluam as esperanças sempre exageradas dos que emigram.

À margem da história

Não lhes bastariam, certo, as bombonaças para os chapéus de palha oriundos da indústria graciosa das mulheres do Moyobamba, ou os cascalhos auríferos das vertentes do Pastaza guardadas pelos huambizas ferocíssimos.

Assim, todos os atos, e magníficos decretos, e lúcidos regulamentos, e generosas concessões de terras, do último governo de Castilla, desfechariam nos mais lastimáveis insucessos se, precisamente na derradeira quadra da sua presidência, e no mesmo ano (1862) em que a cultura indiana da quina arrebatava daqueles desertos o seu maior atrativo — um anônimo, um outro imortal humílimo evadido da nossa História, não aparecesse, eclipsando de golpe os mais imponentes lances administrativos e oferecendo aos peruanos o reagente enérgico que os alentaria até aos nossos dias na rota da Amazônia.

Um brasileiro descobriu o caucho; ou, pelo menos, instituiu ali a indústria extrativa correspondente.

No reconstruir este trecho da nossa História, que versado mais tarde por um historiador merecerá o título de "Expansão Brasileira na Amazônia", não vamos desacompanhados.

Diz-nos um narrador sincero:

"Antes do ano de 1862, não tinha ainda sido explorada a incalculável riqueza da goma elástica... Depois da entrada de alguns brasileiros para o território do Departamento, principalmente do laborioso José Joaquim Ribeiro, começou este rico produto a figurar no catálogo dos que o Departamento exporta para o Brasil. A primeira quantidade exportada foi de 2.088 quilogramas, produto dos ensaios daquele brasileiro que muito teria contribuído para o desenvolvimento dessa indústria, se ao iniciá-la não encontrasse contrariedades nascidas do cupidismo de alguns agentes subalternos que contra ele exerceram todos os ardis..."

Não comentemos o desquerer das autoridades peruanas. Era antigo. Desde 1811 o reportado D. Manoel Ijurra denunciava *"los Brazileros más próximos al Perú que tienen la bárbara costumbre de armar expediciones militares con objeto de haccer correrías sobre los indios Maynas, atropelando muchas veces las autoridades..."*; ou apresentava-os como *"absolutos monopolizadores del comercio de importación o exportación."* Cinco anos depois, em ofício alarmante, o subprefeito de Maynas solicitava providências urgentíssimas *"al intuito de que los Brazileros moradores de Caballo-Cocha, salgan fuera de esta provincia, se buenamente no quieren, por la fuerza"*; e pintava-os laivando-os dos mais denegridos estigmas. Por fim o Governador-Geral das Missões (1849) determinou se exigissem passaportes de todos os brasileiros que lá entrassem, gaguejando num castelhano emperrado esta razão curiosíssima: *"que no se experimentaba provecho alguno en estos negociantes del Brazil; ni menos hay bayonetas con que poder conterlos; hacen lo que quieren metiendo-se por los rios, extralendo zarza, manteca, salado y otras especies..."*

Não prossigamos. Adivinha-se nestas linhas, que poderiam ser prolongadas, a invasão formidável que se alastrava avassaladora para o ocidente, desafiando os ódios do estrangeiro; espraiando-se pelo vale do grande rio, por Loreto, Caballo--Cocha, Moremote, Perenate, Iquitos, até Nauta, na embocadura do Ucaiali; subindo pelo Ucaiali em fora até além do Pachitéa: E deixando nos mais vários pontos, nos sítios numerosos, nas trilhas coleantes do deserto, e até nos costumes ainda persistentes, os traços indeléveis da passagem.

Se a historiássemos contraporíamos às verrinas oficiais dos subprefeitos apavorados, cujos dizeres se pejoravam à medida que progredia aquela surda conquista do solo, os próprios conceitos de Antonio Raimondi. Mas aquele belo tipo de Joaquim Ribeiro, que em 1868 o maior naturalista peruano foi encontrar nas margens do Itaia possuindo as melhores fazendas do Departamento, concretiza uma réplica irrefragável. Não o pearam tão pequeninos empeços. Criada a indústria extrativa, a exportação da borracha a partir de 1871 erigiu-se preeminente entre as dos demais produtos de Loreto. E as turmas dos extratores, sem nenhuns amparos oficiais, rompendo espontâneAs de toda a parte e arremetentes com as mais desfrequentadas espessuras, ultimaram em pouco tempo a empresa quase secular tantas vezes cindida de reveses.

Desvendou-se todo o Oriente.

Mas há um reverso no quadro.

A exploração do caucho como a praticam os peruanos, derribando as árvores, e passando sempre à cata de novas "manchas" de castilloas ainda não conhecidas, em nomadismo profissional interminável, que os leva à prática de todos os atentados nos recontros inevitáveis com os aborígenes — acarreta a desorganização sistemática da sociedade. O caucheiro, eterno caçador de territórios, não tem pega sobre a terra. Nessa atividade primitiva apuram-se-lhe, exclusivos, os atributos da astúcia, da agilidade e da força. Por fim, um bárbaro individualismo. Há uma involução lastimável no homem perpetuamente arredio dos povoados, errante de rio em rio, de espessura em espessura, sempre em busca de uma mata virgem onde se oculte ou se homizie como um foragido da civilização.

A sua passagem foi nefasta. Ao cabo de 30 anos de povoamento, as margens do Ucaiali, tão nobilitadas outrora pela abnegação dos missionários de Sarayaco, patenteiam, hoje, nos seus vilarejos diminutos, uma decadência moral indescritível.

O Coronel Pedro Portíllo, atual Prefeito de Loreto, que as visitou em 1899, denunciou-a, indignado: *"Alli no hay leyes... El más fuerte que tiene más rifles, es el dueño de la justicia."* Verberou depois o tráfico escandaloso de escravos. E, afinados pelo mesmo tom, um sem-número de outros excursionistas, que fora longo citar, delatam, em narrativas expressivas, o regime de tropelias que se normalizou naquelas terras —

e se amplia seguindo os rastros do homem que passa pelo deserto com o só efeito de barbarizar a própria barbaria.

* * *

Ora, na presciência dos inconvenientes desta exploração, que, entretanto, determinou o pleno desdobramento de seu domínio no oriente, o governo peruano nunca renunciou ao seu primitivo propósito de uma colonização intensiva. E para ao mesmo tempo garantir o tráfego do melhor caminho para o Amazonas, pelo Ucaiali, que vai da estação *terminus* de Oroya aos tributários principais do Pachitéa, estabeleceu em 1857, à margem de um deles, o Rio Pozuzo, a colônia alemã, que sobre todas lhe monopolizou os cuidados e uma solicitude nunca interrompida.

Realmente, a situação era admirável. À média distância de Iquitos, próxima aos afluentes navegáveis do Ucaiali e num solo exuberante, o núcleo estabelecido era, militar e administrativamente, o mais firme ponto estratégico daquele combate com o deserto, justificando-se os esforços e extraordinárias despesas que se fizeram para um rápido desenvolvimento, que as melhores condições naturais favoreciam.

Mas não lhe vingou o plano. A exemplo do que acontecera em Loreto, os novos povoadores, embora mais persistentes, anulavam-se, estéreis. A colônia paralisara-se, tolhiça, entre os esplendores da floresta. Reduziu-se a culturas rudimentares que mal lhe satisfaziam o consumo. E o progresso demográfico, quase insensível, retratava-se numa prole linfática, em que o rijo arcabouço prussiano se engelhava na envergadura esmirrada do quíchua. Ao visitá-la, em 1870, o prefeito de Huánuco, coronel Vizcarra, quedou atônito e comovido: os colonos apresentaram-se-lhe andrajosos e famintos, pedindo-lhe pão e vestes para velarem a nudez. O romântico D. Manoel Pinzás, que descreveu a viagem, pinta-nos em longos períodos soluçantes os lances daquele! *cuadro desgarrador!*, suspendendo-o em dois rijos pontos de admiração.

Viu-o ainda, passado um lustro, com as mesmas cores sombrias, o Dr. Santiago Tavara, ao descrever a primeira viagem do almirante Tucker.

Por fim, transcorridos trinta anos, o coronel P. Portillo na sua rota do Ucaiali teve notícias certas do núcleo povoador: era uma Tebaida aterradora. Lá dentro os primitivos colonos e os seus rebentos degenerados agitavam-se vítimas de um fanatismo irremediável, na mandria dolorosa das penitências, a rezarem, a desfiarem rosários e a entoarem umas ladainhas intermináveis numa concorrência escandalosa com os guaribas da floresta.

Ora, o excursionista, que é hoje um dos mais lúcidos políticos peruanos, para agravar-se-lhe o desapontamento ante este malogro completo da colônia predileta da sua terra, tivera dias antes, ao passar em Puerto Victoria, na confluência do Pichis e do Palcazu, formadores do Pachitéa, um espetáculo completamente diverso. De fato, Puerto Victoria surgira e desenvolvera-se, tornando-se a estância mais animada e opulenta daquela redondeza, sem que o governo peruano soubesse ao menos do seu aparecimento.

Jamais cogitara em povoar aquele trecho.

A paragem era malsinada. Rodeavam-na os mais bravios entre os selvagens sul-americanos: os campas do Pajonal, ao sul, e ao norte os caxibos indomáveis, que em 1866 haviam trucidado em Chonta-Isla, que lhe demora a jusante, os oficiais de marinha Tavara e West. O prefeito Benito Arana, que ali andara naquele mesmo ano, fora, em som de guerra, com dois vapores e uma lancha artilhada, em revide àquela afronta sanguinolenta. Saltou em terra; meteu-se pela mata; travou pequeninos recontros em formidáveis tiroteios; volveu num triunfo singularíssimo, encalçado de perto pelos selvagens, que o frechavam: embarcou no tumulto da sua gente vitoriosa, e fugindo; canhoneou furiosamente as barrancas; volveu, precípite, águas abaixo, deixando na Playa del Castigo um traço romanesco da sua empresa tormentosa...

E durante três decênios a região sinistra permaneceu no isolamento que lhe criavam as gentes apavoradas...

Até que, provindos do ocidente e vencendo à voga arrancada nas ubás esguias as correntezas fortes do Pachitéa, atravessaram-na de extremo a extremo e foram abordar na confluência do Pichis alguns aventureiros destemerosos.

Eram uns caboclos entroncados, de tez morena e baça, e musculatura seca e poderosa. Não eram caucheiros. A palavra remorada não lhes vibrava na fanfarrice ruidosa. Ao invés de um tambo, improvisaram um tejupar mal-arranjado. Não se armaram do cuchillo, misto de punhal e de navalha. Pendiam-lhes à cintura as *facas de arrasto*, longas como as espadas.

Aperceberam-se sem ruídos para a empresa e penetraram, vagarosamente, na floresta...

Não se conhecem as peripécias da entrada temerária, que foram sem dúvida excepcionalmente dramáticas. Os caxibos têm no próprio nome a legenda da sua ferocidade. Caxi, morcego; bo, semelhante. Figuradamente: sugadores de sangue. Ainda nos seus raros momentos de jovialidade aqueles bárbaros assustam, quando o riso lhes descobre os dentes retintos do sumo negro da palmeira chonta; ou estiram-se de bruços, acaroados com o chão, as bocas junto à terra, ululando longamente as notas demoradas de uma melopeia selvagem.

Atravessaram, indenes na bruteza, trezentos anos de catequese; e são ainda a tribo mais bravia do Vale do Ucaiali. Mas ao que se figura não pulsearam com vantagem o vigor nos novos pioneiros. É que o bárbaro sanguinário tinha pela frente, enterreirando-o, um adversário mais temeroso, o jagunço.

Os recém-vindos eram brasileiros do Norte; e o seu patrão, Pedro C. de Oliveira, mais um modelo de lidador obscuro aparecendo em lances de fecundas iniciativas entre os acontecimentos de uma história estranha. Para aquilatar-se-lhe a valia, observemos de relance que em janeiro de 1900 foi nomeado, apesar da sua nacionalidade, governador de toda a zona que o seu barracão centralizava.

O coronel Portillo, que ali deparou agasalho sincero sem o pregão de rasgados oferecimentos, tão característico da nossa gens obscura, trai em todos os conceitos que emitiu no seu relatório — desde o primeiro dia até despedir-se da *"muy estimable familia del señor Olivera*, o encanto que lhe causou a estância animadíssima no centro de suas culturas fartas, e inteligentemente locada com as numerosas vivendas circulantes no alto da barranca, a prumo sobre a margem esquerda do rio, que se alcançava subindo uma longa escadaria resistente e tosca. Cativaram-no, sobretudo, os valentes tranquilos que se lhe mostraram modestíssimos em pleno triunfo sobre a barbaria e a terra.

Por fim, à sua visão esclarecida não escapou que aquele forasteiro, sem um decreto e sem uma subvenção, resolvera o problema colimado pelo governo de seu país, fundando no lugar mais conveniente a estação garantidora da "via central" demandando a Amazônia. Disse-o nuamente: Porto Vitória era o lugar mais apropriado para a guarnição militar e alfândega que protegessem a importação e exportação da colônia de Chanchamayo, norte de Pajonal, Tarma e *montañas* do Palcazu, Matro e Pozuzo.

Concluiu: *"La casa de Olivera debe ser tomada por el Supremo Gobierno como la más aparente para las oficinas de la capitania, aduana e comandancia militar."*

Foi aceito o alvitre. Um decreto do presidente Pierola ordenou a demarcação de *puerto Victoria* para estabelecer-se comissaría destinada a proteger os colonizadores daquelas terras; e num grande ciúme da situação vantajosa adquirida revelou o intento de uma posse exclusiva *"no consentiendo, alli, en el radio de un quilómetro, poblador alguno"*.

O Peru conseguira realmente uma estação fluvial admirável. E os brasileiros retiraram-se.

Passaram cinco anos.

Em 1905 um *touriste* parisiense, J. Delebecque, desceu o Pachitéa, em viagem para o Amazonas, e não notaria a estância outrora florescente se não o acompanhassem alguns índios mansos conhecedores dos lugares.

No alto da barranca, que os enxurros solapavam, viam-se apenas alguns tetos abatidos e restos de culturas afogadas num carrascal bravio.

O porto era uma ruína.

O viajante ali permaneceu por algumas horas a fim de secar as suas roupas encharcadas ao calor de uma fogueira feita com as portas desquiciadas e ombreiras vacilantes das vivendas, consoante praticam todos os que por ali passam na travessia de Iquitos; e considerou, melancolicamente, que daquele jeito *puerto Victoria* seria em breve apenas uma recordação.

Depois abalou rio abaixo, a toda a voga, fugindo da paragem que se ermana no mais completo abandono...

Transacreana

A carta da Amazônia, no trato que demora ao ocidente do Madeira, é o diagrama de seu povoamento inicial. A história da paragem nova, antes de escrever-se, desenha-se. Não se lê, vê-se. Resume-se nos longos e torturosos riscos do Purus, do Juruá e do Javari.

São linhas naturais de comunicação a que nenhumas se emparelham no favorecer um dilatado domínio. Geometricamente, os seus talvegues, rumados no sentido geral de SO para NE, num quase paralelismo, oblíquos aos meridianos, facultam avançamentos simultâneos em latitude e em longitude; sob o aspeto físico, à parte os entraves artificiais oriundos do abandono em que jazem, estiram-se de todo desimpedidos. Travam-se-lhes os mais privilegiados requisitos. Na grande maioria dos rios amazônicos, e sobretudo no Vale do Ucaiali, os empeços naturais acumulam-se ao ponto de originarem estranhos termos geográficos. Neles não há citar-se um só. Nem pongos vertiginosos, nem despenhadas urmanas, nem muiunas remoinhantes ou *vueltas del diablo* desesperadores...

Daí esta expressiva consequência histórica: enquanto no Tocantins, no Tapajós, no Madeira e no Rio Negro, o povoamento, iniciado desde os tempos coloniais, se entorpeceu ou retrogradou, retratando-se na ruinaria dos vilarejos a caírem com as barrancas solapadas, ali, ajustando-se-lhes às margens, progrediu tão de improviso que determinou, em menos de cinquenta anos, uma dilatação de fronteiras.

Era inevitável. O forasteiro, ao penetrar o Purus ou o Juruá, não carecia de excepcionais recursos à empresa. Uma canoa maneira e um varejão, ou um remo, aparelhavam-no às mais espantosas viagens. O rio carregava-o; guiava-o; alimentando-o; protegendo-o. Restava-lhe o só esforço de colher à ourela das matas marginais as especiarias valiosas; atestar com elas os seus barcos primitivos e volver águas abaixo — dormindo em cima da fortuna adquirida sem trabalho. A terra farta, mercê duma armazenagem milenária de riquezas, excluía a cultura. Abria-se-lhe em avenidas fluviais maravilhosas. Impôs-lhe a tarefa exclusiva das colheitas. Por fim tornou-lhe lógico o nomadismo.

O nome de "montaria", da sua ubá aligeirada, é extremamente expressivo. Ela o ajustou àquelas solidões de nível, como o cavalo adaptou o tártaro às estepes. Esta diferença apenas: ao passo que o calmuco tem nos infinitos pontos do horizonte infinitos rumos atraindo-o ao nomadismo irradiante à roda da

À margem da história

sua *Yurte*, que ao mudar-se se afigura imóvel no círculo indefinido das planuras — o jacumaúba amazonense, subordinado a roteiros lineares, adscrito a direções imutáveis, ficou largo tempo constrangido entre as barrancas dos rios. Mal poderia libertar-se em desvios de poucas léguas pelos sulcos laterais dos tributários. Ao invés do que se acredita, aquelas redes hidrográficas, entretecidas de malhas tão contínuas, não misturam as águas das caudais diversas em largas anastomoses, insinuando-se pelas imperceptíveis linhas de vertentes abatidas nas planícies encharcadas. O Paraná-Mirim volve sempre ao leito principal de onde se esgalhou; e o igarapé acaba no lago que ele alimentou nas cheias para que o alimente nas vazantes, correndo em sentidos opostos consoante as estações; ou extingue-se, ampliando-se nos plainos empantanados escondidos pela flórula anfíbia dos igapós inextricáveis de lianas. Entre um curso d'água e outro, a faixa dafloresta substitui a montanha que não existe. É um isolador. Separa. E subdividiu, de fato, em longos caminhos isolados, as massas povoadoras que demandavam aquela zona.

Viu-se então, de par com primitivas condições tão favoráveis, este reverso: o homem, em vez de senhorear a terra, escravizava-se ao rio. O povoamento não se expandia: estirava-se. Progredia em longas filas, ou volvia sobre si mesmo sem deixar os sulcos em que se encaixa — tendendo a imobilizar-se na aparência de um progresso ilusório, de recuos e avançadas, do aventureiro que parte, penetra fundo a terra, explora-a e volta pelas mesmas trilhas — ou renova, monotonamente, os mesmos itinerários da sua inambulação invariável. Ao cabo, a breve, mas agitadíssima história das paragens novas, à parte ligeiras variantes, ia imprimindo-se toda, secamente, naquelas extensas linhas desatadas para SO: três ou quatro riscos, três ou quatro desenhos de rios, coleando, indefinidos, num deserto...

* * *

Ora, este aspeto social desalentador, criado sobretudo pelas condições em começo tão favoráveis, dos rios, corrige-se pela ligação transversa de seus grandes vales. A ideia não é original, nem nova. Há muito tempo, com intuição admirável, os rudes povoadores daqueles longínquos recantos realizaram-na com a abertura dos primeiros "varadouros."

O varadouro — legado da atividade heróica dos paulistas compartido hoje pelo amazonense, pelo boliviano e pelo peruano — é a vereda atalhadora que vai por terra de uma vertente fluvial a outra.

A princípio tortuoso e breve, apagando-se no afogado da espessura, ele reflete a própria marcha indecisa da sociedade nascente e titubeante, que abandonou o regaço dos rios para caminhar por si. E foi crescendo com ela. Hoje nas suas trilhas estreitíssimas, de um metro de largura, tiradas a facão, estirando-se por toda a parte, entretecendo-se em voltas inumeráveis, ou encruzilhadas, e ligando os afluentes esgalhados de todas as cabeceiras, do Acre para o Purus, deste para o Juruá e daí para o Ucaiali, vai traçando-se a história contemporânea do novo território, de um modo de todo contraposto à primitiva submissão ao fatalismo imponente das grandes linhas naturais de comunicação.

Nos seus torcicolos, impostos pelas linhas mais altas das pequenas vertentes deprimidas, sente-se um estranho movimento irrequieto, de revolta. Trilhando-os, o homem é, de fato, um insubmisso. Insurge-se contra a natureza carinhosa e traiçoeira, que o enriquecia e matava. Repele-lhe tanto os amparos antigos que realiza na maior das mesopotâmias a anomalia de navegar em seco; ou esta transfiguração: carrega de um rio para o outro o barco que o carregava outrora. Por fim, numa afirmativa crescente da vontade, vai estirando de rio em rio, retramada com os infinitos fios dos igarapés, a rede aprisionadora, de malhas cada vez menores e mais numerosas, que lhe entregará em breve a terra dominada.

E do Acre para o Iaco, para o Tauamano e para o Orton; do Purus para o Madre de Diós, para o Ucaiali, para o Javari, trilhando aforradamente o território em todos os quadrantes, os acreanos, despeados do antigo traço de união do Amazonas longínquo, que os submetia, dispersos, ao litoral afastado, vão em cada uma daquelas veredas atrevidas, firmando um símbolo tangível de independência e de posse.

Tomemos um exemplo de testemunho estrangeiro.

Em 1904 o oficial da marinha peruana, Germano Stiglich, encontrou no Javari vários brasileiros, que o surpreenderam com a simples narrativa de uma travessia costumeira, ante a qual se apequenavam as suas mais estiradas rotas de explorador notável. Registrou-a em um de seus relatórios: os sertanistas entram pelo Javari, subindo o Itacoaí até às cabeceiras; varam dali, por terra, a buscarem as vertentes do Ipixuna, alcançam-nas; transmontam-nas; descem o pequeno tributário; chegam ao Juruá; navegam até S. Felipe, onde infletem, penetrando o Tarauacá, o Envira e o Jurupari até aonde subam as suas canoas ligeiras; deixam-nas; rompem outra vez por terra a encontrarem o Purus nas cercanias de Sobral; descem, embarcados, 760 km do grande rio até a foz do Ituxi; e enveredando por este último, vão, depois de uma outra varação por terra, atingir o Abunã, que baixam, abordando, afinal, à margem esquerda do Madeira.

A derrota, com a percentagem de 20% sobre as retas da desmedida linha quebrada que a define, avalia-se em 3.000 km, ou o dobro da estrada tradicional, dos bandeirantes, entre S. Paulo e Cuiabá. Os obscuros pioneiros prolongam a estes dias a tradição heróica das entradas, que constituem o único aspeto original da nossa história. Aquele roteiro, entretanto, alonga-se contorcendo-se em voltas sobremaneira extensas. Abreviemo-lo, baseando-nos em alguns dados seguros.

Partindo de Remate dos Males, no Javari, nas cercanias de Tabatinga, o viajante, em qualquer estação, pode sulcar num dia o Itacoaí até a confluência do Ituí, percorrendo 140 km itinerários. Prossegue por terra em terreno firme, no rumo de SE pelo extenso varadouro de 190 km que corta as cabeceiras do Jutaí e termina em S. Felipe, à margem do Juruá, empregando apenas cinco dias de marcha. Sobe o Tarauacá, embarcado, até a foz do Envira; e desta à do Jurupari, prosseguindo a buscar as suas mais altas vertentes, num percurso máximo de 350 km que vencerá em pouco mais de uma semana. Rompe o breve varadouro que o leva ao Furo do Juruá, e atinge, descendo-o, ao fim de dois dias, o Purus. Daí à faz do Iaco há 392 km, que se correm em dois dias, de lancha, realizados os ligeiros reparos de que carece o rio. A sede da Prefeitura do Alto-Purus, distante 24 km, alcança-se em duas horas de navegação; e dali, pelo varadouro do Oriente, longo de 25 léguas percorrido normalmente em cinco dias, chega-se ao seringal Bagé, à margem esquerda do Acre. Transpondo este rio e seguindo para leste a cortar os derradeiros tributários do Iquiri e os campos do Gavião, o caminhante vai ao Abunã, a jusante da embocadura do Tipamanu, e daí ao Beni, na confluência do Madeira, percorrendo cerca de 300 km em oito dias, por terra.

Deste modo, em pouco mais de um mês de travessia, vencendo-se 907 km por águas e 660 por terra, pode-se vir de Tabatinga a Vila Bela, diagonalmente, de um a outro extremo da Amazônia, naquele itinerário de 250 léguas.

A estes números falta, sem dúvida, o rigorismo das quilometragens regulares; mas não variam talvez de um décimo sobre a realidade, à parte os dados demasiado falíveis relativos à navegação do Tarauacá e ao rumo por terra do Jurupari ao Purus.

Excluamo-los nesta variante: partindo do mesmo ponto à margem do Javari e sulcando o Itacoaí até aos seus derradeiros formadores, o viajante encontra o antigo varadouro do Ipixuna que o conduz ao Juruá e a Cruzeiro do Sul, capital do Departamento, em percurso pouco maior do que o anterior por S. Felipe.

Ora, de Cruzeiro do Sul às sedes dos departamentos do Purus e do Acre podem remover-se todos os inconvenientes daquela navegação precária, sujeita a fatigante roteiro.

De fato, o extenso segmento retilíneo, de 605 km, da linha Cunha Gomes, é a própria linha de ensaio de um varadouro notável ligando as três sedes administrativas. Dando-se-lhe o desenvolvimento exagerado de 20% sobre a distância, terá a extensão de 726 km; ou sejam, exatamente, 110 léguas, que podem ser transpostas em grande parte, a cavalo, em menos de doze dias.

Observe-se, de passagem, que este projeto não se delineia nos riscos arbitrários a que se avezam os exploradores de mapas, ou consoante "o conhecido processo do Tzar Nicolau I, riscando com a unha do polegar o traçado da estrada de Petersburgo a Moscou".

Esteia-se em reconhecimentos, certo despidos de azimutes, ou cotas esclarecedoras de aneróides, mas práticos e concludentes. O primeiro trecho, normal ao vale do Taruacá, planeado pelo general Taumaturgo de Azevedo, já se acha em grande parte aberto por um seringueiro de Cocamera — e estende-se em terrenos tão afeiçoados à marcha que, depois de concluído o caminho, "ir-se-á do Juruá ao Tarauacá, a cavalo, em quatro dias", conforme afirma o ex-prefeito em seu penúltimo relatório; ao passo que atualmente, para efetuar-se a mesma viagem, "em vapor, que faça poucas escalas e dobre a foz do Tarauacá, consomem-se 15 dias, no mínimo".

O segmento intermédio, de Barcelona ou Novo Destino à confluência do Caeté, no Iaco, por sua vez estudado pela Prefeitura do Alto-Purus, é de execução facílima, todo desatado sobre breve altiplano livre das inundações. E o último, do Iaco ao Acre, tem há muito tempo um tráfego permanente.

Deste modo a grande estrada de 726 km, unindo os três departamentos, e capaz de prolongar-se de um lado até ao Amazonas, pelo Javari, e de outro até ao Madeira, pelo Abunã, está de todo reconhecida, e na maior parte trilhada.

A intervenção urgentíssima do Governo Federal impõe-se como dever elementaríssimo de aviventar e reunir tantos esforços parcelados.

Deve consistir porém no estabelecimento de uma via férrea — a única estrada de ferro urgente e — indispensável no Território do Acre.

Atalhemos uma objeção inicial.

A fisiografia amazônica figura-se sempre obstáculo indispensável a tais empresas. Mas os que a agitam, em argumentos que temos por escusado reproduzir, não podem, certo, compreender as linhas férreas da Índia. De fato, no Industão propriamente dito, o nivelamento superficial, o solo aluviano de areias e argilas acumuladas em espessuras indefinidas, e as características climáticas, patenteiam-se em condições idênticas. Ali, como na Amazônia, os rios destacam-se pela grandeza, volumes excessivos nas cheias, amplitude das inundações, e volubilidade dos canais nos leitos divagantes. Os nullas incontáveis, serpeantes por toda a banda, desenham-se na hidrografia caótica dos igarapés; e o Purus, o Juruá, o Acre e seus tributários, não variam tanto de curso e de regime quanto o Ganges e os rios de Punjab, cujas pontes foram o maior problema que resolveu a engenharia inglesa.

Na Índia, como entre nós, não faltaram profissionais apavorados ante as dificuldades naturais — esquecidos de que a engenharia existe precisamente para vencê-las. Ao discutir-se o *memorandum Kennedy*, onde germinou a viação hindu, o coronel Grant, do corpo de engenheiros de Bombaim, pilheriou sisudamente, propondo com a maior seriedade que os trilhos se suspendessem em todo o correr das linhas por meio de séries regulares de cadeias, em rijos postes fronteantes, a oito pés acima do solo... E desafiou o humor magnífico de seus fleugmáticos colegas. Os rígidos railroadmen replicaram-lhe tempos depois, esmagadoramente, com a West Indian Peninsular, e nobilitaram toda a engenharia de estradas de ferro obedecendo a uma de suas fórmulas mais civilizadoras, enunciada por Mac-George: *"In every country it is necessary that railway should be laid out with references to the distribuition of population and to the necessities of people, rather than to the mere physical characteristics of its geography...*"

Ora, no caso atual, ainda esses caracteres físicos e geográficos evidenciam-se favoráveis. A estrada de Cruzeiro do Sul ao Acre não irá, como as do Sul do nosso país, justapondo-se à diretriz dos grandes vales, porque tem um destino diverso. Estas últimas, sobretudo em S. Paulo, são tipos clássicos de linhas de penetração: levam o povoamento ao âmago da terra. Naquele recanto amazônico esta função, como o vimos, é desempenhada pelos cursos d'água. À linha planeada resta o destino de distribuir o povoamento, que já existe. É uma auxiliar dos rios. Corta-lhes, por isto, transversa, os vales.

Daí esta consequência inegável: adapta-se, naturalmente, mercê da própria direção, às deprimidas áreas divisórias dos afluentes laterais, e, acompanhando-os, forra-se em grande parte aos empecilhos daquela hidrografia embaralhada.

Por outro lado, ao sul do paralelo de 8° persiste, certo, o facies predominante da enorme várzea amazonense. Mas atenuado. A inconstância tumultuária das águas não se retrata em curvas tão numerosas e volúveis. Os terrenos, expandindo-se em ondulações ligeiras com a altitude média, absoluta, de 200 metros, são, no geral, firmes e a cavaleiro das enchentes. Trilhamo-los em vários pontos. Está-se, visivelmente, sobre formações mais antigas, definidas e estáveis, que as da imensa planura pós-quaternária onde ainda se adivinham as derradeiras transformações geológicas do Amazonas, no conflito inevitável entre os cursos d'água inconstantes e a várzea inconsistente.

Além disto, os obstáculos naturais, reduzem-nos, ou amortecem-nos, os traçados que se lhes afeiçoem. A via férrea em questão deve modelar-se pelas condições técnicas menos dispendiosas a um primeiro estabelecimento — caracterizando-se, sobretudo, por uma via singela, de bitola reduzida, de 0,76 m ou 0,91 m, ou no máximo de 1,0 m entre trilhos, que lhe permita os maiores declives e as menores curvas, dando-lhe plasticidade para volver-se em busca dos terrenos mais altos e estáveis, que lhe alteiem o grade acima das zonas inundadas em traçados quase à flor da terra. Deve nascer como nasceram as maiores estradas atuais: trilhos de 18 quilos, no máximo, por metro corrente, capazes de locomotivas de escasso peso aderente de 15 a 20 toneladas; curvas que se arqueiem até aos raios de 50 metros; e declives que se aprumem até 5% submetidos a todos os movimentos do solo.

Não os tem muito melhores a Central Pacific, de Nevada, com a sua bitola estreita, sem balastro, serpeando com a mesma levidade de trilhos em curvas de 90 metros, e tornejando pendores em rampas inclassificáveis. Ou o Transiberiano, onde locomotivas de 30 toneladas, rebocando 1/6 de peso aderente sobre trilhos de 19 quilos, andando com a velocidade de 20 km por hora, não raro recuavam, desandando, constrangidas se encontravam de frente, repelindo-as, ponteiras, as ventanias ríspidas das estepes...

Sem dúvida, de uma tal superestrutura, a que se liga o imperfeito do material rodante, de tração ou transporte, resultará reduzidíssima capacidade de tráfego. Mas a linha acreana, a exemplo da Union Pacific Railway, não vai satisfazer um tráfego, que não existe, senão criar o que deve existir. Como as norte-americanas, construir-se-á aceleradamente, para reconstruir-se vagarosamente.

É um processo generalizado. Todas as grandes estradas, no evitarem os empeços que se lhes antolham transpondo as depressões e iludindo os maiores cortes com os mais primitivos recursos que lhes facultem um rápido estiramento dos trilhos, erigem-se nos primeiros tempos como verdadeiros caminhos de guerra contra o deserto, imperfeitos, selvagens. E como para justificar o asserto, o primeiro engenheiro das suas obras rudimentares — que hoje se fazem como há dois mil anos — de suas estacadas, de suas pontes e pontilhões de madeira mal lavradas, superpostas em linhas sobre os *styli fixi* dos tanchões roliços, é César.

Depois evolvem; e crescem, aperfeiçoando os elementos da sua estrutura complexa, como se fossem enormes organismos vivos transfigurando-se com a própria vida e progresso que despertam.

É o que sucederá com a que prefiguramos. Das primeiras linhas deste artigo ressaltam-lhes os efeitos sociais, que senão pormenorizam por demasiado intuitivos, nos múltiplos aspetos que vão do simples fato concreto da redistribuição do povoamento — locando-se com segurança os núcleos coloniais ou agrícolas e demarcando-se legalmente as terras indivisas — à gerência mais pronta, mais desimpedida, mais firme, dos poderes públicos, que hoje ali se triparte, desunida, em sedes administrativas impostas exclusivamente pelas vicissitudes geográficas.

Tais resultados por si sós bastariam a justificar excepcionais dispêndios. Entretanto, estes são opináveis. Sob a ação imediata do Governo, e entregue desde a exploração definitiva à nossa engenharia militar, tudo induz a crer que as três principais seções – do Juruá ao Purus, deste ao Iaco, e do Iaco ao Acre – atacadas ao mesmo tempo e favorecidas pelo fácil transporte fluvial dos materiais necessários, por aqueles rios, se construirão de maneira expedita e com os recursos das próprias rendas locais.

Realmente, as suas obras-de-arte são inapreciáveis e os trabalhos mais sérios limitam-se à construção de pontilhões e aterros, e a extensa derrubada, larga de 40 metros, para a mais intensa insolação do leito.

Sobre não carecer de extensos desenvolvimentos para captar alturas, a linha não só dispensará túneis para vará-las, ou viadutos, e até cortes apreciáveis, como ainda as três grandes pontes que a princípio se afiguram obrigatórias sobre o Tarauacá, o Purus e o Iaco. Cada estação terminus, extremando-lhe os segmentos precipitados, servirá ao mesmo passo à navegação fluvial do rio correspondente, e as baldeações de uma a outra margem deste far-se-ão nos primeiros tempos sem perturbarem demais o tráfego naturalmente restrito.

Assim se prorrogam dispendiosos serviços que podem efetuar-se depois, a pouco e pouco, à feição das circunstâncias. A estrada crescerá com o povoamento. E ainda que atinja aquele enorme desdobramento de 726 km e se reduza a uma via singela, com os necessários desvios, comportando apenas a velocidade diminuta de 20 km por hora, será percorrida em 36 horas justas, que podem subir a 48 aditando-se-lhes as que se empreguem na travessia dos rios.

Realizar-se-á em dois dias a viagem de Cruzeiro do Sul ao Acre, que hoje, nas quadras mais propícias, dura mais de um mês.

A conclusão é infrangível. Não nos delonguemos enumerando-lhe os efeitos extraordinários.

Fixemos outra face da questão.

A engenharia de estradas de ferro definem-na os norte-americanos nesta fórmula concisa e irredutível:

é a arte de fazer um dólar ganhar o maior juro possível.

Dobremo-nos ao preceito barbaramente utilitário.

O valor econômico daquele traçado é incalculável. E evidencia-se sob múltiplas formas; sendo naturalmente mais dignas de apreço as mais remotas, oriundas do progredimento ulterior, inevitável, da região atravessada.

Fora longo apontá-las. Indiquemos uma única, mais próxima, imediata e impondo-se ao raciocínio mais obtuso.

A safra da borracha nos três departamentos, entre a oblíqua Cunha Gomes e a faixa neutralizada, durante o penúltimo período comercial de 1905, conforme os documentos mais seguros, foi esta:

```
Rio
Juruá......................3.382,134 kg
Acre e Purus................5.256,984 kg
TOTAL
8.639,118 kg
```

Variando os preços atuais entre os extremos de 6$346 e 3$865, deduz-se, em números redondos, a média de 5$000 por quilo; e, subsecutivamente, o valor total da produção – R 43.195:590$000; acarretando os créditos gerais (23%) de 9.934:985$700.

Os números são claros e irrefragáveis.

Ora, estes rendimentos tenderão a duplicar, não já em virtude de um desenvolvimento remoto, senão pelo simples fato da abertura do caminho.

A demonstração é de algum modo gráfica, visível.

A exploração das seringueiras, toda a gente o sabe, opera-se, de um modo geral, exclusivamente nas longas fitas das massas que debruam as duas margens dos rios. Os "centros", anexos aos barracões de primeira ordem, são raros e de ordinário pouco afastados. Ali não há propriamente superfícies exploradas, há linhas exploradas. E estas, de acordo com os dados existentes, podem ser medidas com razoável aproximação. Alongam-se, no Purus, de Barcelona até Sobral; no Iaco, de Caeté até pouco além do seringal de São João; de Cruzeiro à foz do Breu, no Juruá; e no Acre, do porto do mesmo nome até pouco a montante da confluência do Xapuri. Somando-se a estes grandes segmentos os menores, do Tarauacá, do Envira e Jurupari, chega-se à dimensão total, aproximada, de 150 léguas das faixas exploradas, admitindo-se, o que nem sempre se verifica, a continuidade das mesmas. De qualquer modo, aquela extensão é um maximum; e é a definição gráfica, visível, da importância econômica, atual, do - Território.

Surge, como se vê, dos simples sulcos dos rios.

Ora, a nova linha será desde logo uma nova "estrada" aberta à entrada dos extratores na colheita pronta de produtos que até hoje não lhes exigiram nenhuns esforços de cultura. Antes de ser uma estrada de ferro será, de fato, uma enorme "estrada"de 120 léguas, quase igual à soma das que se exploram. E como as Heveas *brasiliensis*, ao revés das *Castiloas elasticas* geradoras do caucho, se caraterizam pela distribuição uniforme nas florestas, não é aventurosa a proporção que nos dê, de pronto, calcada em números rigorosos, o valor imediato da linha planeada — que se construirá, inevitavelmente, em futuro mais ou menos próximo, submetida à diretriz que lhe marcamos.

Porque à importância que lhe é própria agregam-se as decorrentes do seu traçado articulando-se a outros.

Assim, desde que se ultime a "Madeira-Mamoré", esta a atrairá, irresistivelmente para o levante, realizando-se o fenômeno vulgaríssimo de uma captura de comunicações. Então ela transporá o Acre indo buscar o Madeira na confluência do Abunã, ou em Vila Bela, extinguindo, de golpe, todos os inconvenientes de três navegações contorneantes e longas. Ao mesmo tempo, no outro extremo, dilatando-se para o oeste, perlongando o Moa e indo transmontar os cerros abatidos de Contamana, alcançará o Ucaiali, deslocando para Santo Antônio do Madeira parte da importância comercial de Iquitos. Então, a transacriana modestíssima, de caráter quase local, feita para combater uma disposição hidrográfica, se transmudará em estrada internacional, de extraordinários destinos.

*   *   *

Considere-se, a correr, outro lado, menos atraente, deste assunto.
O valor estratégico é supletivo obrigatório dos melhores requisitos que

possua qualquer sistema de comunicações em zonas fronteiriças. Mede-se, avalia-se e estuda-se friamente, tecnicamente, sem intuitos agressivos, que não seriam apenas condenáveis: seriam francamente ridículos no nosso tempo e na América.

Assim, apresentemo-lo em linhas despidas e secas, com a só eloquência das que se gizam no resolver-se um problema de geometria elementar.

Considere-se no mapa os traçados do Purus, do Juruá e do Javari, e os do Madre-de-Diós e do Ucaiali. São contrariantes. Os primeiros, nos seus rumos a bem dizer uniformes e por igual intervalados, delineiam-se como distensos valos divisórios: subdividem a terra. Os últimos são desmedidos laços de união: abarcam-na. O Ucaiali, a partir da confluência do Marañon, alonga-se, contorcido, de oito graus para o sul; inflete depois para leste, pelo Urubamba; e esgalhando-se no Mishagua e no Serjali vai quase anastomosar-se com os últimos manadeiros orientais do Madre-de-Diós. Este, a partir da confluência do Beni, que o leva ao Madeira, desata-se em extensíssima arqueadura, cortando sete graus de longitude, para o ocidente; inflete, de leve, para o norte pelo *thalweg* do Manu; e repartindo-se no Caspajali e no Shauinto, vai quase ao encontro das derradeiras vertentes ocidentais do Ucaiali. De permeio uma tira de chão, com 5 milhas de largura: o istmo de Fitz-Gerald. Os dois rios abarcam quase toda a Amazônia numa área de cerca de 1.100.000 km², formando a maior península da Terra.

A pintura hidrográfica é a de desconforme tenaz agarrando um pedaço de continente nas hastes que se encurvam, constritoras, articuladas naquele istmo.

E figura-se-nos sobremodo desfavorável à defesa e garantia das nossas fronteiras naqueles lados.

Demonstremo-lo sem atavios.

Há a princípio uma ilusão oposta. Na hipótese de um conflito com os países vizinhos, acredita-se, à primeira vista, na valia incomparável daquelas três ou quatro estradas extensíssimas. Entrando pelo Purus, pelo Acre, pelo Juruá, ou ainda pelo Javari, podem mobilizar-se simultaneamente quatro corpos expedicionários em busca de outros tantos pontos longamente afastados numa faixa de operações de 700 km, distendida de NE para SO; e aqueles cursos de água recordam as diretrizes estratégicas das "vias consulares" dos romanos. Caem de rijo, perpendiculares, golpeantemente, em cima da fronteira...

Anula-os, porém, a circunvalação desmesurada Madre-de-Diós — Ucaiali. Revela-se o simples contraste das posições geométricas.

De fato, ao perpendicularismo de nossos caminhos de acesso arremetentes em cheio com a orla limítrofe, que entalham — contrapõe-se o paralelismo dela com as duas enormes caudais que a envolvem ou se lhe ajustam.

Daí esse corolário: os pontos obrigados daquelas lindes remotas, que para nós se erigem em objetivos lingínquos no termo da navegação dos rios — serão para os adversários os próprios pontos determinantes de suas linhas de operações. Para garantirmos um número limitado de posições precisamos de igual número de unidades combatentes e de outras tantas viagens; eles, com algumas lanchas ligeiras e de calado exíguo, defendem todas as entradas.

No caso de um reencontro feliz, a nossa vitória resumir-se-á na conquista do campo do combate; para eles será o alastramento do triunfo. Vencidos em qualquer daqueles pontos isolados, sem ligações transversais com os restantes, resta-nos o recurso único do recuo, deixando a entrada franca à invasão; o antagonista, batido e refluindo ao Pachiteá, pelo Ucaiali, ou ao Inambari pelo Madre-de-Diós, pode refazer-se em mobilizações vertiginosas.

São deduções seguras. Completa-se outra, preexcelente, enfeixando-as: excluída a hipótese de uma ofensiva temerária, buscando o território estranho, as forças expedicionárias, no Juruá, no Purus e no Acre, predestinam-se à imobilidade, depois de chegarem aos seus objetivos remotos; expectantes, sem poderem fiscalizar os estirões de matas que as separam; ao passo que o Ucaiali e o Madre-de-Diós, de Nauta ao istmo de Fitz-Gerald e deste à embocadura do Beni, são caminhos desimpedidos para as rondas permanentes de uma fiscalização generalizada.

Não se comparam sequer recursos tão diversos. Os dois últimos rios são uma estrada militar incomparável — no ligar rapidamente todos os elementos de resistência e no facilitar as mais complexas mobilizações.

Ora, a linha férrea do Cruzeiro ao Acre balancear-lhe-á o valor.

Dirigida segundo a corda daquela enorme circunvalação, contrapesará a sua influência, erigindo-se com os mesmos requisitos.

Não precisamos demonstrar. A imagem geográfica é de si mesma bastante sugestiva.

Além disto, o que se deve ver naquela via férrea é, sobretudo, uma grande estrada internacional de aliança civilizadora, e de paz.

FIM DA PRIMEIRA PARTE.